IL BACIO DEL CAVALIERE

SCANDALI REALI: SAN RIMINI

NICOLE BURNHAM

Il bacio del cavaliere

Scandali Reali: San Rimini - Libro 4

Copyright © 2023 by Nicole Burnham

Tutti i diritti riservati. Questo libro o parte di esso non può essere riprodotto o utilizzato in alcun modo senza l'espressa autorizzazione scritta dell'autrice ad eccezione della citazione in una recensione. Questo libro è un'opera di fantasia. Tutti i nomi, i personaggi, i luoghi e gli eventi narrati sono il frutto della fantasia dell'autrice o sono usati in maniera fittizia. Qualsiasi riferimento a persone reali, viventi o scomparse, luoghi o eventi è puramente casuale.

Traduzione italiana: Ernesto Pavan

Titolo originale: The Knight's Kiss

ISBN: 978-1-941828-66-3 (edición impresa)

ISBN: 978-1-941828-65-6 (libro electrónico)

Iscriviti qui alla newsletter in italiano di Nicole. Gli abbonati ricevono materiale bonus e informazioni sulle prossime uscite. Puoi annullare l'iscrizione in qualsiasi momento.

PROLOGO

San Rimini, novembre 1190

DUE UOMINI AVREBBE ANCHE POTUTO SCONFIGGERLI. FORSE tre, considerato il vantaggio della sorpresa.

Ma dal suo nascondiglio dietro un intrico di bassi cespugli, nel profondo della campagna collinosa dalle fitte foreste del confine occidentale di San Rimini, Domenico di Bollazio contava cinque uomini nella radura. Spie turche, si rese conto allarmato, notando che indossavano la livrea di San Rimini, ma parlavano con un accento marcato ed erano armati di spade corte alla turca. Erano in piedi a formare un cerchio, intenti a sferrare violenti calci a un giovinetto magrissimo che non poteva avere più di quindici anni.

Sarebbe assurdo intervenire, si disse Domenico, allontanando con riluttanza le dita dall'impugnatura avvolta nel cuoio della spada nel fodero. Meglio ignorare l'istinto di aiutare il ragazzino e tornare a cavallo per completare la sua vera missione.

Eppure, non riuscì a trattenersi dal guardare mentre il giovanotto a terra gridava in italiano, implorando pietà. Gli infedeli non gli badarono. Erano venuti assetati di sangue e senza dubbio si sarebbero saziati.

"Dov'è?" domandò uno degli uomini armati. Il suo accento rendeva le sue parole difficili da decifrare, ma la minaccia nel tono della voce era inconfondibile. "Risparmiati la sofferenza e dicci dove l'hai nascosto." Sferrò un calcio nelle costole del giovanotto per sottolineare il concetto.

Domenico chiuse gli occhi nell'udire il suono nauseabondo delle ossa che si spezzavano. Maledicendosi per essersi fermato, per essersi permesso di interessarsi, si allontanò lentamente dal confine della radura, badando a non far scricchiolare la spessa copertura di foglie autunnali sotto i suoi piedi.

"Non so nulla del… del messaggio!" Il grido di paura del giovane raggiunse le orecchie di Domenico, nonostante il cavaliere stesse cercando in tutti i modi di ignorare il suono.

"Nega pure. Le nostre spie sanno che il messaggero del re doveva passare da qui questa mattina, diretto verso Messina."

Domenico si immobilizzò, il cuore che gli scalciava nel petto. Accovacciatosi, avanzò nuovamente verso la radura, l'attenzione fissa sulla scena che si svolgeva di fronte a lui.

"Non lasciate che si allontani," ordinò uno degli infedeli agli altri, continuando a parlare in italiano in modo che il giovane capisse. "Se continua a insistere stupidamente di non sapere nulla, fate quello che volete di lui e perlustrate la zona. Probabilmente, il messaggio è nascosto nei boschi."

Per abitudine, Domenico sfregò la mano sul pomo della spada. Dentro di sé, tuttavia, sapeva che qualunque tentativo di salvataggio sarebbe stato futile. Il giovanotto rotolò sul terreno e cercò di rialzarsi, ma si fermò quando il turco più alto gli conficcò un pugnale nella gamba.

La rabbia esplose nel petto di Domenico, che però non aveva tempo per pensare alla ferita del giovane innocente o alla sua morte, che probabilmente sarebbe avvenuta presto. In seguito, le spie avrebbero scoperto ciò che Domenico già sapeva: che il pony del ragazzo trasportava solo vettovaglie per mezza giornata di viaggio. Non avrebbe mai potuto portare un messaggio dall'altra parte della penisola attraverso quel terreno difficile.

Ma se Domenico non si fosse dato alla fuga ora, gli uomini avrebbero sicuramente trovato *lui*, e forse persino il messaggio che cercavano, ora riposto al sicuro contro il suo petto, cucito nell'imbottitura del suo gambeson.

Re Bernardo aveva sottolineato a Domenico l'importanza del messaggio e che c'erano persone che avrebbero dato la vita per leggerne il contenuto. Meno di due ore dopo aver lasciato la presenza del re sanriminese, il cavaliere aveva capito quanto fossero vere quelle parole di congedo. Sarebbe stato fortunato a raggiungere vivo il Cuor di Leone e il suo esercito, ora accampati con Filippo Augusto di Francia sull'isola di Sicilia.

Qualche minuto dopo, Domenico ritrovò il suo cavallo, nascosto fra gli alberi a breve distanza dalla radura. Condusse l'animale fino alla strada, ma prima che potesse montare a cavallo, un rumore fra i cespugli lo colse alla sprovvista. Si voltò appena in tempo per vedere una donna in preda al panico, dai capelli rosso fuoco, scostare i cespugli per uscirne.

"Per favore, messere," implorò la donna, avvicinandosi senza esitazione per afferrargli un braccio, "avete visto un giovanotto da queste parti? Di quattordici anni, con i capelli del colore della paglia fresca?"

Il ragazzo. Domenico si guardò alle spalle per assicurarsi che la voce della donna non avesse allertato i soldati della sua presenza. Una volta certo che nessuno avesse udito, riportò l'attenzione su di lei. A giudicare dall'età e dall'espressione disperata, poteva trattarsi della madre del poveretto. Ma non era quello a suscitare in lui un senso di profonda inquietudine. C'era qualcosa di familiare in quella donna, anche se Domenico sapeva di non aver mai posato lo sguardo su di lei prima di quel momento.

Parlando a bassa voce, chiese: "Come vi chiamate, madama?

Come mai vi trovate così vicino al confine? Non vi rendete conto di quanto è pericoloso–"

"Mi chiamano Rufina. Per favore, so che avete visto il mio Ignacio. Me lo dicono i vostri occhi."

Rufina la strega?

Ecco perché gli sembrava familiare. Domenico aveva sentito parlare dell'incantatrice dai capelli rossi che viveva in quella zona, una donna che aveva avuto la fortuna di fuggire dalla città prima di essere messa sotto processo per i suoi crimini contro la Chiesa.

Pur non credendo nella stregoneria, Domenico aveva la sensazione che ignorarla sarebbe stato un errore. "L'ho visto. Laggiù, nella radura. Ma è inguaiato–"

Senza nemmeno chiedere in che razza di guai si fosse ficcato suo figlio, la donna si voltò nella direzione indicata da Domenico. Prima che potesse fare due passi, lui la afferrò per un gomito ossuto. "È stato catturato da un gruppo di infedeli. Se entrate nella radura, probabilmente vi uccideranno. Aspettate che si siano allontanati e potrete curare le ferite di quel giovanotto. È la cosa migliore."

Rufina era nota per la sua esperienza nell'arte della guarigione, anche se i religiosi la accusavano di invocare l'aiuto del Diavolo in persona. Con le sue capacità, il giovanotto avrebbe anche potuto sopravvivere.

Sempre che non fosse già morto.

Rufina, tuttavia, non parve trovare utile il consiglio. Fissò Domenico, gli occhi colmi di un odio e di un'accusa pari a quelli di qualunque altro guerriero lui avesse mai affrontato in battaglia. "Mio figlio è gravemente ferito e voi non fate nulla? Come osate portare quella spada e definirvi un cavaliere di San Rimini!"

La donna sollevò la mano per colpirlo, ma Domenico fu più veloce e afferrò al volo il suo polso sottile. "Non ne avevo la possibilità. Sono in missione per conto del re e soccorrere vostro figlio l'avrebbe messa a rischio." Imprecò fra sé e lasciò andare il polso di Rufina. Non avrebbe dovuto rivelare tanto. "Vi prego di comprendermi, madama. Ora andate; fate ciò che è meglio per assistere–"

"In missione per conto del re," sputò la donna, che non mostrava il minimo timore. "Voi avete la spada di un cavaliere, ma non sfoggiate alcun emblema di nobiltà. La missione del re è così pressante da impedirvi di aiutare un bisognoso? Un giovane cresciuto in una dimora umile, come voi? O è forse la vostra ambizione – l'ambizione di ottenere terre e titoli grazie al favore del re – a impedirvi di correre anche solo un rischio minimo per aiutare un'altra persona?"

Domenico ebbe un sussulto di stupore. Con poche frasi, quella donna – quella strega – aveva riassunto la sua vita meglio di quanto avrebbe potuto farlo lui stesso. Le conclusioni di Rufina non gli erano gradite.

Accanto a lui, il suo cavallo si mosse, ricordandogli il compito che doveva svolgere. "Devo andare; sarebbe meglio che voi–"

"Oh, lo salverò, non dubitate. E salverò anche la vostra coscienza sporca. Ma sappiate una cosa." Rufina affondò le mani nelle profondità della lurida tunica di lana. "Fino a quando non riuscirete ad abbandonare l'ambizione e a sacrificare i vostri desideri per un'altra persona, non conoscerete né la vera gioia di questo mondo né la pace della morte. La vostra vita è così preziosa che rifiutate di rischiarla? E allora che vi appartenga per sempre!"

La donna ritrasse la mano dalla tunica in un lampo. Domenico schivò, aspettandosi che ella estraesse un pugnale del tipo che le donne di malaffare usavano spesso come difesa, ma il palmo di Rufina conteneva solo una polvere verde, che lei gli scagliò in viso. Un fastidioso formicolio bruciante gli punse le guance mentre lui se le puliva. Doveva trattarsi di una mistura di edera velenosa o una qualche pianta simile.

In lontananza, si levarono voci rabbiose, distraendo Domenico dai tentativi dell'incantatrice di intimidirlo. Quella stolta lo avrebbe fatto ammazzare.

"Nascondetevi!" sibilò lui, per poi montare a cavallo. Dirigendosi verso la lunga strada che portava alla Sicilia, Domenico espresse con fervore il desiderio di non incrociare mai più la strada di Rufina.

CAPITOLO 1

CON UN PO' di fortuna, la bellezza appollaiata sulla sedia di cuoio e ottone nella sua lobby lo avrebbe condotto da Rufina.

Nick Black osservò l'immagine sullo schermo a circuito chiuso dietro la sua scrivania, guardando la principessa Isabella diTalora di San Rimini controllare discretamente il Rolex. La donna aveva la schiena dritta e un sorriso sul volto, ma Nick sospettava che nemmeno i reali moderni apprezzassero l'attesa.

Nick sorrise dentro di sé. L'antenato della donna, re Bernardo, non avrebbe mostrato tutta quella pazienza. Lo stridere delle sirene di un'ambulanza lo raggiunse a trentacinque piani al di sopra del distretto finanziario di Boston, per poi svanire.

Nick tranguggiò due aspirine e le accompagnò con un bicchiere d'acqua fredda, quindi si voltò verso Anne Jones, sua assistente da quasi otto anni. "Preferirei non avere a che fare personalmente con lei."

"È una princîpessa, non una collezionista qualsiasi. Si aspetterà una spiegazione."

Anne lo conosceva abbastanza bene da non aggiungere, *E poi, è stato lei ad accettare l'appuntamento.*

E in verità, Nick lo aveva fatto davvero, in un momento di stupidità. Ma se il curatore della sua collezione, Roger Farris, fosse riuscito a capire cosa volesse la principessa, tanto di guadagnato. Meno gente con cui Nick aveva a che fare – soprattutto individui di alto profilo come la viziata principessa Isabella – meno il suo nome sarebbe stato pronunciato e la sua foto scattata. Ciò avrebbe allungato il periodo di tempo che lui avrebbe potuto trascorrere nello stesso luogo, o durante il quale avrebbe potuto usare lo stesso pseudonimo, prima che la gente si insospettisse del fatto che non sembrava invecchiare mai.

La tecnologia moderna lo avrebbe messo in trappola se lui non fosse stato attento e ciò avrebbe portato a un genere di caccia alle streghe molto diverso da quello che stava conducendo lui.

Rivolse a Anne una scrollata di spalle. "Può pensarci Roger. Sospetto che Sua Altezza voglia acquistare alcuni dei miei quadri o artefatti per il museo nazionale di San Rimini. Ho sentito dire che è una delle sue sostenitrici più accanite. In tal caso, Roger sa che io mi aspetto qualcosa in cambio. Preferibilmente uno scambio di opere. O di manoscritti." Manoscritti che avrebbero potuto aiutarlo a scoprire cosa ne fosse stato di Rufina e come infrangere la maledizione.

"Naturalmente. Mi assicurerò che Roger le dedichi attenzioni speciali." Anne si sistemò i capelli rossi striati di grigio e si passò la lingua sui denti prima di uscire in corridoio e dirigersi verso un'altra interazione con la famosa principessa.

Nick ringraziò le sue buone stelle – le poche che aveva – per l'efficienza di Anne e per il fatto che la donna non faceva molte domande. Gli sarebbe dispiaciuto molto perderla quando avrebbe dovuto cambiare di nuovo identità.

Nick angolò la sedia di pelle nera in modo da essere di nuovo rivolto verso il piccolo schermo. Un attimo dopo, vide la principessa alzarsi e voltarsi verso l'ascensore. Roger apparve alla vista, i capelli in ordine, la postura raffinata e vestito come sempre in un completo navy di sartoria con le scarpe lucidissime.

Roger fece un piccolo inchino, poi tese la mano. "Principessa Isabella. È un onore."

La bruna snella accettò la stretta di mano, quindi gli rivolse quel sorriso che i paparazzi adoravano immortalare. "Sono lieto di conoscerla, signor Black. Come lei sa, era da tempo che cercavo di organizzare un incontro di persona."

La voce della donna scivolò addosso a Nick come una doccia calda dopo una rigida giornata d'inverno. Aveva visto foto e filmati della principessa, ma non l'aveva mai sentita parlare. Come si era aspettato, la donna non aveva la minima traccia di accento sanriminese. Era palese che gli anni trascorsi ad Harvard l'avevano aiutata a padroneggiare l'inglese americano. E tuttavia, nel suo tono di voce c'era una qualità regale che rendeva palese che non era una donna qualsiasi.

Era il genere di donna per cui Nick aveva visto degli uomini morire.

La voce di Isabella ebbe lo stesso effetto su Roger. Persino attraverso la televisione a circuito chiuso Nick vide i muscoli della mascella di Roger contrarsi, percepì il suo nervosismo all'incontro con la popolare principessa.

"Chiedo scusa per la confusione, Vostra Altezza," riuscì infine a dire Roger. "Io sono Roger Farris. Curo la collezione d'arte del signor Black, in particolare le opere sanriminesi."

La donna inarcò un sopracciglio perfettamente scolpito mentre Nick zoomava con la telecamera. "La prego di perdonare il mio errore. Pensavo che il signor Black mi avrebbe raggiunta di persona."

Roger offrì un sorriso debole nel tentativo di nascondere

l'ansia, ma non disse nulla, gesticolando invece verso la sala riunioni annessa alla piccola lobby, a indicare alla principessa di fare strada.

Una volta che ebbero oltrepassato la porta a vetri, Nick dovette solo premere un pulsante sulla console per inquadrare l'interno della stanza.

La principessa si voltò verso Roger quando vide che sul tavolo di granito erano presenti solo due bottiglie d'acqua e due taccuini. "Lui non intende raggiungerci, vero?"

Nick non riuscì a trattenere una risata. *Sveglia, la principessa.*

"Temo di no. Chiedo scusa se la sua assistente vi ha dato questa impressione. Il signor Black è un uomo estremamente riservato e raramente incontra faccia a faccia. Principalmente, usa questa stanza per consultare i suoi materiali di ricerca." Roger tirò indietro una delle sedie. "Perché non vi accomodate? Se preferite del caffè–"

"No, grazie." Ignorando la sedia, la principessa si recò alla finestra. Nick riusciva a immaginare quello che vedeva: la limousine Mercedes presa a nolo che attendeva accanto al marciapiedi di Federal Street, il permesso di parcheggio VIP nel finestrino, mentre la guardia del corpo aspettava accanto alla portiera del passeggero.

"Come ho detto," la combinazione della voce intensa della donna e della sua presenza regale provocarono un lampo di desiderio in Nick, "ho fatto sforzi considerevoli per organizzare un incontro con il signor Black. Un incontro privato. Sono venuta fin qui da San Rimini, lasciando la mia famiglia in un momento di grandi difficoltà, e ho persino ordinato alla mia guardia del corpo di attendere di sotto come da richiesta del signor Black, in ossequio al suo desiderio di mantenere 'la riservatezza dei suoi uffici.'"

Isabella aveva ripetuto a pappagallo la frase che Anne usava quotidianamente per respingere coloro che cercavano di entrare nell'ufficio di Nick – dall'uomo di UPS agli arredatori di fama mondiale che speravano di convincere lo sfuggente collezionista a separarsi da alcune delle opere di sua proprietà per metterle in mostra nelle loro case.

Incrociate le braccia, la principessa si voltò verso Roger. "Mi rendo conto che è lei a gestire la sua collezione e la ringrazio per il suo tempo, ma è il signor Black, l'esperto di storia dell'arte sanriminese, che desidero incontrare. Questo è molto importante per me."

"Capisco, Vostra Altezza, ma vi assicuro che ho una conoscenza approfondita–"

"Soggiorno al Copley Plaza. Può contattarmi laggiù se il signor Black dovesse desiderare vedermi in giornata." La principessa estrasse un biglietto da visita color avorio dalla borsetta e scribacchiò un numero sul retro, per poi posarlo sul piano di granito aggiungendo, per enfasi, un tocco con l'unghia. "Ho intenzione di tornare a casa domani."

Si sistemò l'elegante borsetta sulla spalla, rivolse a Roger un cenno del capo e si incamminò verso la porta.

"Per favore, Vostra Altezza, è importante per il signor Black che…" La voce di Roger sfumò quando divenne palese che la principessa Isabella non avrebbe cambiato idea. Lo sguardo dell'uomo corse alla telecamera montata con discrezione in un angolo della sala riunioni. Lanciò a Nick un'occhiata che diceva *Mi aiuti, la prego.*

Accidenti.

Prima che la principessa potesse attraversare la sala riunioni, Nick digitò una serie di numeri sul suo telefono. Guardò sullo schermo il telefono della sala riunioni che squillava. La principessa si fermò mentre Roger sollevò di scatto il ricevitore per poi ascoltare le sue brevi istruzioni.

Dopo aver spento il piccolo televisore, Nick spalancò la porta dell'ufficio e si incamminò lungo il breve corridoio, oltrepassando il bagno e la scrivania di Anne per raggiungere la sala riunioni. Mentre Nick si avvicinava alla porta a vetri, la voce di Roger giunse in corridoio.

"Vostra Altezza, il signor Black sta arrivando. Gradirebbe incontrarla."

"Grazie," disse la voce setosa da oltre la porta. Poi, la donna esitò. "Ma lei non ha detto una parola al telefono. Come ha fatto–"

"Il signor Black sarà lieto di spiegarle tutto."

Roger uscì frettolosamente dalla stanza, incrociando Nick in corridoio e rivolgendogli un rapido movimento di labbra che si traduceva in *Ci ho provato.*

Nick si costrinse a non lasciarsi turbare. Roger incassava uno stipendio stratosferico per isolare Nick dal mondo esterno. L'anziano gentiluomo svolgeva il proprio lavoro in maniera meravigliosa, arrivando a firmare col proprio nome il contratto d'affitto dell'ufficio e i moduli fiscali. Grazie a Roger, solo le persone più determinate sapevano dell'esistenza di Nick.

Persone determinate come la principessa Isabella.

Dopo aver tratto un respiro profondo, Nick entrò nella sala riunioni, tutto sorrisi. "Buon pomeriggio, Vostra Altezza. Sono Nick Black. È un piacere conoscervi." Tese la mano e, quando lei accettò la stretta, trovò la pelle della principessa liscia come la sua voce incantevole.

"Mi scuso per qualunque equivoco," proseguì, "ma dato che è il signor Farris a occuparsi degli acquisti e delle vendite riguardanti la mia collezione, pensavo che preferiste rivolgervi a lui."

"Sono lieta di conoscerla, finalmente, signor Black. Accetto le sue scuse." La donna accennò con il capo alla piccola telecamera montata nell'angolo della sala riunioni. "Ma non gradisco essere spiata."

E così, la principessa aveva un cervello all'altezza della sua bellezza. Nick le rivolse un'occhiata di conciliazione. "Ammetto che lo stesso vale per me. La cosa mi inquieta."

"Mi inquieta" era l'eufemismo del millennio. Secoli prima,

quando Nick viveva in un tranquillo villaggio fuori Londra, la sanguinosa regina Mary d'Inghilterra aveva appreso di un uomo che non invecchiava mai e aveva inviato le sue spie a investigare. Quando le spie avevano riportato che nessuno, al villaggio, sapeva delle origini di Nick, della sua famiglia o di qualunque altro aspetto del suo passato, la regina aveva ordinato che venisse rinchiuso nella Torre di Londra per tutto il tempo necessario a scoprire se le voci fossero vere. Nick aveva dovuto sopportare due lunghi interrogatori e, quando non aveva fornito le risposte desiderate dai suoi carcerieri, questi avevano insinuato che un terzo interrogatorio avrebbe previsto l'uso della tortura. Solo una rischiosa fuga nel Tamigi e poi a bordo di una nave diretta in Francia lo aveva salvato da un destino il cui pensiero lo faceva ancora tremare.

Sebbene gli fosse già capitato prima di allora di scamparla per il rotto della cuffia, l'esperienza con la regina Mary gli aveva insegnato due importanti lezioni. In primo luogo, che coloro che scoprivano la sua maledizione lo trattavano come un demone e un criminale; in secondo luogo, che non doveva mai fermarsi troppo a lungo nello stesso posto. La gente se ne accorgeva. La gente parlava. E che gli venisse un colpo se avrebbe trascorso il resto della sua lunghissima vita trattato come un animale da laboratorio.

Appoggiò le mani sul dorso della sedia che Roger aveva tirato indietro per la principessa. "Come ha detto il signor Farris, Vostra Altezza, sono un uomo molto riservato. Da qui le telecamere. Di certo, voi potete capire, in quanto membro di una delle famiglie più sorvegliate d'Europa. Immagino che coloro che entrano o escono dal vostro palazzo siano tenuti sotto sorveglianza costante e con strumenti molto più sofisticati dei miei. Spero che non consideriate i miei metodi 'spiare.'"

"Touché, signor Black." La principessa gli rivolse un rapido sorriso, facendogli capire che aveva rotto il ghiaccio, quindi prese posto sulla sedia da lui offerta. "Perché non parliamo di affari?"

Lui prese posto sull'altra sedia. "Per favore, chiamatemi Nick."

La principessa si lisciò il vestito, un tubino di seta nera ingannevolmente semplice che Nick sospettava costasse persino più del filo di perle che portava al collo. "Certo… Nick. Sarò schietta. Sono qui per invitarti a San Rimini."

Nick cercò di non mostrare sorpresa. Coloro che venivano nel suo ufficio erano sempre interessati alla sua collezione, non a lui come persona, e Nick preferiva che la situazione rimanesse invariata. E poi, l'ultimo luogo al mondo che lui volesse visitare era San Rimini. Aveva perso troppo su quella terra per farvi ritorno, a meno che laggiù non ci fosse qualcosa o qualcuno che potesse infrangere la maledizione. E la principessa curatissima di fronte a lui non sembrava del mestiere.

Nick giunse le mani sul tavolo. "Mi dispiace, ma non tengo conferenze, se è questo che volete chiedermi."

"Assolutamente no. Per una richiesta del genere, avrei potuto chiamarti. Quello che ti propongo dovrebbe essere molto più interessante per te."

La principessa sapeva come lanciare un'esca. "Di che si tratta?"

La donna si appoggiò allo schienale della sedia, ma il suo corpo mantenne un allineamento perfetto. Nick si chiese se avesse trascorso l'intera infanzia ricevendo lezioni sulla postura corretta o se essa le venisse naturale.

"Come ben sai, la famiglia diTalora siede sul trono di San Rimini da quasi mille anni, sin da quando il Paese ha conquistato l'indipendenza. Nel corso di tale periodo, abbiamo accumulato un'enorme collezione privata di opere d'arte, artefatti e documenti storici. E sebbene alcune delle proprietà della famiglia siano in prestito presso dei musei, la maggior parte è conservata nei sotterranei del palazzo reale. Nessuno li tocca da anni. Secoli, forse."

Un brivido corse lungo la schiena di Nick. "Sperate di vendere alcuni pezzi?"

"No. Desidero catalogarli. Determinare cosa è importante e cosa no. In alcuni casi, ho bisogno addirittura di capire di cosa si tratti. Poi voglio che qualunque cosa abbia un valore storico venga usata per l'allargamento del Museo Reale di San Rimini. Il progetto di espansione del museo è stato iniziato da mia madre e, ora che lei è venuta a mancare, per la mia famiglia è ancora più importante portarlo a compimento. Credo che tu sia l'uomo adatto."

Avere accesso alla collezione reale? Nick non aveva mai nemmeno sognato una simile opportunità. Si costrinse a mantenere la calma, a tenere le mani ferme sul tavolo, nonostante il suo stomaco si contraesse per la pregustazione.

La principessa Isabella non parve notare il suo entusiasmo, perché continuò a muovere la mano. "Ammetto che è stato difficile ottenere le tue credenziali, con l'eccezione della parola di alcuni storici della nostra Università, ma loro mi assicurano che la tua conoscenza è vastissima. Sotto certi aspetti, di molto superiore alla loro."

Ecco come aveva fatto a sapere di lui. Nel corso degli anni, Roger aveva indagato con discrezione per verificare l'autenticità di alcuni degli acquisti di Nick. Occasionalmente, quando Roger non era stato in grado di comprendere gli aspetti più tecnici delle proprie indagini, Nick si era mobilitato di persona. A quanto pareva, i docenti dell'università di San Rimini avevano conservato appunti dettagliati riguardo al livello delle domande da lui fatte e all'estensione della sua collezione privata.

"Che ne pensi?" chiese la principessa. "Gradisci accettare l'incarico? Naturalmente, ti offrirei un ottimo compenso."

"Ne sono certo." Nick si alzò dal tavolo, la mente che faceva gli straordinari mentre gli occhi percorrevano lentamente la sala in lunghezza. Doveva esserci una fregatura. Un colpo di fortuna di quel genere non poteva semplicemente cadergli in grembo, non dopo tutti quegli anni.

"Perché io?" chiese infine. Voltandosi verso la principessa dall'estremità della stanza, aggiunse: "Come avete detto, avete a disposizione numerosi esperti in loco."

"Per questo progetto, preferisco assumere una persona dagli occhi nuovi. Qualcuno che non abbia l'obiettivo di far pubblicare una ricerca o ottenere un avanzamento di carriera grazie al lavoro svolto per me. Ciò potrebbe influenzare le sue conclusioni."

"Può darsi che le mie conclusioni siano influenzate da altri fattori."

Isabella incrociò il suo sguardo, gli intensi occhi dell'ambra colmi della sicurezza che i reali possedevano in abbondanza. "In quanto collezionista privato, potresti trarre profitto sottostimando alcune opere, magari nella speranza di acquisirle per un valore inferiore a quello di mercato. Ma dato che non ho intenzione di vendere nulla, il problema non si pone." La donna si sporse in avanti, la postura che comunicava che non intendeva piegarsi. "Inoltre, tu sei un uomo molto riservato. Non riesco a immaginarti che sfrutti quella posizione per ottenere attenzioni mediatiche o incrementare la tua visibilità nella comunità artistica. Se anche hai un incentivo per accettare l'incarico, a parte lo stipendio o il puro e semplice stimolo intellettuale, non ho idea di quale possa essere."

Lo sguardo della donna presentava una sfida. Che lui non intendeva accettare.

Di certo non poteva dirle che non gli importava nulla degli artefatti in sé, che li collezionava soltanto nel caso qualcuno di essi potesse condurlo a Rufina. Sempre che la strega fosse ancora viva.

Tornato all'estremità del tavolo dove sedeva la principessa Isabella, Nick appoggiò una mano all'alto davanzale e cambiò argomento. "Ditemi di più. Che cosa dovrei fare, esattamente? E per quanto tempo?"

In altre parole: quante persone lo avrebbero visto? Quante avrebbero fatto domande?

Un angolo della bocca della principessa si sollevò di fronte alla sua manifestazione di interesse. "L'incarico prevederebbe di esaminare sistematicamente i pezzi della collezione e di redigere un rapporto su ciascuno. Voglio sapere di cosa si tratta, qual è il suo valore storico, e qualunque cosa tu ritenga degna di menzione. Riferirai le tue scoperte alla commissione che si occupa delle collezioni del museo una volta la settimana. Loro si confronteranno poi con me per decidere come meglio utilizzare i pezzi nell'arricchimento del museo."

"Quante persone fanno parte della commissione?"

"Otto. Perlopiù docenti universitari e storici. E il direttore del museo, naturalmente."

Gente che avrebbe indagato sulle sue credenziali. E lui non avrebbe certo potuto difendersi dicendo: "Oh, io c'ero. Non mi serve una laurea."

"Per quanto riguarda la durata dell'incarico" – la principessa piegò le mani sul tavolo e giunse le punte degli indici – "essa dipende da te. Non posso prevedere quali difficoltà potresti incontrare. Basti sapere che si tratterà di un'opera importante. Ma avrai a disposizione qualunque risorsa tu richieda: accesso alle biblioteche universitarie, aiuto da parte degli altri esperti… qualunque cosa di cui tu ritenga di avere bisogno. Fammelo sapere e ci penserò io."

Nick guardò il soffitto per un momento, raccogliendo le idee. La principessa gli aveva fatto un'offerta allettante. Ma lui poteva correre il rischio? Non ci sarebbe voluto molto prima che la commissione cominciasse a fare domande. E lui aveva la sensazione che presto, anche la principessa avrebbe posto delle domande.

Domande alle quali lui non avrebbe potuto rispondere.

ISABELLA OSSERVÒ l'uomo mentre questi ricominciava a camminare avanti e indietro, all'apparenza meditando sulla sua offerta. C'era qualcosa di scuro, di ombroso, in Nick Black, che stimolava la sua curiosità e, anche se lei non lo avrebbe mai ammesso, quella parte profonda di lei che apprezzava l'energia sessuale di un uomo. L'aspetto di Nick era incredibile: occhi marrone scuro che brillavano di intelligenza, una mascella perfettamente scolpita, zigomi forti. Aveva quella liscia pelle olivastra e quella struttura ossea che erano comuni a San Rimini, ma che raramente si vedevano negli americani. Isabella si chiese, non per la prima volta da quando aveva saputo di quell'enigmatico collezionista, se avesse origini sanriminesi.

Nonostante avesse indagato il più possibile su quell'uomo, il suo aspetto l'aveva stupita quando era entrata nella sala riunioni. Non la sua bellezza – Isabella incontrava tutti i giorni uomini attraenti nello svolgimento dei suoi doveri reali – ma la sua giovinezza. Considerata la profondità e l'estensione della sua conoscenza di San Rimini e della sua storia, nonché quelle che si diceva fossero le dimensioni della sua collezione, lei si era aspettata un uomo più vicino all'età di suo padre. Ma i corti capelli neri di Nick non mostravano tracce di grigio. Dovendo tirare a indovinare, Isabella non gli avrebbe dato più di trenta-cinque anni. Forse più vicino ai trenta. Sebbene il collezionista indossasse una comoda camicia nera a maniche lunghe e panta-loni grigio scuro, si vedeva che aveva i muscoli snelli e tonici di un uomo al culmine della forma. Non aveva senso. La sua corporatura le ricordava quella di un giovane pugile olimpio-nico o di un esperto di arti marziali, ma egli emanava quell'aura di potere e sicurezza che si otteneva solo dopo anni di successo e di realizzazione.

Cosa ancora più contraddittoria, Isabella non aveva mai immaginato che un collezionista di artefatti antichi mettesse in mostra un gigantesco quadro astratto nella sua lobby o si riempisse l'ufficio di mobili moderni. Per non parlare della tecnologia. Isabella non riuscì a impedire che il suo sguardo si spostasse sulla telecamera montata in un angolo della sala, oscurata in modo da mimetizzarsi con la decorazione del soffitto. Lei non l'avrebbe riconosciuta come una telecamera se la responsabile della sicurezza di suo padre, Chiara Ascardi, non le avesse indicato telecamere simili in passato.

Isabella aveva la forte sensazione di essere incappata in qualcosa di più complicato di un semplice accordo d'affari. Come se dovesse lasciare la sala riunioni con la stessa velocità del signor Farris.

È comune avere telecamere nelle sale riunioni, ricordò a se stessa, cercando di scrollarsi di dosso l'inquietudine. Nick si presentava in modo professionale ed era fortemente raccomandato come il collezionista mondiale più importante di opere d'arte medievali sanriminesi, per cui era solo naturale che si prendesse la briga di documentare qualunque visita al suo ufficio.

E poi, Isabella aveva promesso alla sua compianta madre, la regina Aletta, che avrebbe fatto tutto il possibile per riqualificare il Museo Reale di San Rimini. Se Nick Black poteva aiutarla a mantenere quella promessa, lei poteva anche tollerare lo sconcerto che generava in lei la presenza dell'uomo.

"Mi dispiace, ma non posso accettare." L'americano smise di camminare e incrociò il suo sguardo. "Sebbene l'offerta sia lusinghiera e io sia davvero tentato."

Un misto di delusione e stupore la attraversò. Dopo che quasi tutti gli esperti di San Rimini avevano sgomitato per ottenere quella posizione, colui che lei aveva scelto aveva rifiutato. "Posso chiedere il perché?"

"La supervisione." La voce dell'uomo era priva di emozione, come se stesse spiegando perché avesse preferito una camicia rossa a una blu. "Se accettassi l'incarico, dovrei rendere conto a una commissione. Grazie, ma no. Non ho alcuna intenzione di mettere in discussione ciascuna delle mie conclusioni per soddisfare un gruppo di individui che non desiderava altro che darmi torto. Come voi stessa avete osservato, la maggior parte dei docenti universitari e degli storici vuole lasciare il segno."

Sotto il tavolo, Isabella si tamburellò con le unghie sulla gamba. Senza dubbio, avrebbe potuto trovare un'altra persona adatta a quel lavoro. Ma le sue fonti dicevano che Nick Black era il migliore. E lei aveva promesso il meglio a sua madre.

"Deve pur esserci una qualche supervisione," insistette. "Un museo non può mettere in mostra opere dal supposto valore storico senza che tale valore sia verificato."

"Lasciatemi trarre le mie conclusioni. Quando il mio lavoro sarà completato, la commissione potrà rivederlo. Presenterò qualunque documentazione desiderino i membri, ma non trascorrerò delle ore ogni settimana a discutere con loro. Se non saranno d'accordo con le mie osservazioni dopo averle consultate, nessun problema. Potranno cambiare qualunque cosa desiderino. Non mi opporrò."

Isabella non riuscì a celare lo scetticismo. "Saresti disposto a permettere che le tue conclusioni vengano modificate? Senza avere la possibilità di controbattere?"

"Non ho detto che mi piacerebbe. Nessuno ama essere contraddetto. Ma nel caso non documentassi adeguatamente le mie ricerche o giungessi a conclusioni errate, spetterà a loro correggermi. Non vedo perché dovrei essere arrostito sulla graticola mentre mi trovo nel bel mezzo di un progetto."

Isabella osservò eloquentemente il tavolo, prendendo nota della mancanza di sedie. "No, non mi sembri il tipo da incontri settimanali."

"Non sono il tipo da incontri e basta." L'uomo sorrise e lei lo trovò ipnotico. Come poteva una persona come Nick Black, dal sorriso tanto fantastico, rinchiudersi per evitare qualunque contatto umano?

Era stato necessario tormentare per settimane l'assistente dell'uomo per ottenere quell'appuntamento, ma ora che si trovava lì, Isabella lo trovava molto alla mano. E aveva la sensazione di aver conquistato la fiducia di quell'uomo riservato, almeno un poco.

Forse avrebbe potuto approfittarne per fare contenti tanto Nick quanto la commissione.

"E se facessi rapporto direttamente a me?" chiese, riflettendo ad alta voce. "Io inoltrerò i tuoi rapporti alla commissione e, se essa dovesse avere bisogno di fare delle domande, te le riferirò. In questo modo, sarai accessibile a loro mentre preparano le nuove mostre, ma non sarai soggetto un controesame diretto."

"Potrò lavorare in riservatezza? Non voglio che qualcuno mi aliti sul collo o controlli le mie credenziali tutte le volte che aprirò un manoscritto o spolvererò una vecchia pentola."

"Seguirò di persona i tuoi progressi."

Quando l'uomo le lanciò un'occhiata dubbiosa, Isabella aggiunse: "Ad Harvard, i miei studi si sono concentrati sulla storia dell'arte e dell'architettura. E come forse già sai, mia madre era interessata al passato di San Rimini. Trascorreva molto tempo al Museo Reale e probabilmente conosceva la sua collezione quanto il direttore. Di conseguenza, io ho sono sempre stata affascinata dalla storia di San Rimini. Se dovessi essere incerta riguardo a qualcosa, farò delle domande."

"Avete il tempo per farlo?"

Isabella visualizzò il suo calendario degli appuntamenti stracolmo. Aveva a malapena il tempo per dormire e consumava quasi tutti i pasti nel corso di questo o quell'incontro per sfruttare al massimo le ore di veglia.

Ma non aveva intenzione di deludere la sua famiglia. Contavano su di lei perché onorasse la memoria della regina Aletta. E poi, francamente, quello era un progetto che lei voleva mettere in cantiere da anni. "Troverò il tempo," rispose. "Questo progetto ha una priorità molto alta per me e voglio che tu ne faccia parte."

Nick prese utilmente fiato. "D'accordo, Vostra Altezza. Mi avete convinto. Ma mi riservo il diritto di tirarmi indietro nel caso in cui ritenessi che le condizioni non siano ottimali."

"In altre parole, se non potrai lavorare in riservatezza."

Ecco di nuovo quel sorriso devastante. L'uomo poteva anche vivere una vita di clausura, ma sapeva esattamente come sciogliere una donna.

"Farò del mio meglio," promise Isabella, per poi tendere la mano. Nick si allungò sul tavolo per suggellare l'accordo. Mentre la sua grande mano avviluppava quella di Isabella, lei notò che il suo pollice era coperto da piccole cicatrici. Una cicatrice più spessa attraversava il dorso fino al polso. Un altro mistero da risolvere.

Sollevò lo sguardo e si ritrovò ammaliata dalla profondità degli occhi color caffè dell'uomo.

Ruppe il contatto, quindi estrasse un biglietto da visita dalla borsetta e glielo porse. "Se riesci a prepararti per domani, partirò dal Logan Airport per San Rimini alle nove di domani sera. Mio padre mi ha concesso l'utilizzo del suo aereo. Sei il benvenuto a volare con me, se preferisci evitare un volo di linea. Ti basterà recarti al banco dei voli charter nel terminal internazionale e mostrare loro questo biglietto un'ora prima della partenza. Ti aspetteranno." Isabella esitò, sperando di non aver insistito troppo. "Naturalmente, se non potrai cominciare subito, capirò."

Era evidente, dall'espressione dell'uomo, che l'idea di saltare i controlli di sicurezza nel terminal principale e prendere un jet privato gli era gradita. Ottimo. Isabella avrebbe approfittato del volo per conquistare ulteriormente la fiducia di Nick. Magari anche per imparare qualcosa di più sul suo passato prima di sguinzagliarlo negli enormi magazzini sotterranei del palazzo.

L'uomo la condusse fuori dalla sala riunioni. Mentre Isabella gli passava accanto nell'uscire, disse: "Arriverò alle otto per partire alle nove."

"Magnifico."

Nick la accompagnò fino agli ascensori. Dopo essere entrata, Isabella si voltò un'ultima volta verso di lui. "Credo che, una volta vista la collezione, ti renderai conto che questa è l'occasione di una vita."

"L'occasione di una vita? Allora attenderò con ansia."

Nick premette il pulsante per mandarla al pianterreno, ma nell'istante fra la chiusura delle porte e l'inizio della discesa, lei lo sentì ridere di se stesso.

CAPITOLO 2

Dopo che la principessa fu entrata nell'ascensore, Nick sperimentò una scarica di adrenalina potente quanto quelle che aveva avuto sul campo di battaglia, all'epoca in cui era giovane, ingenuo e impetuoso. Lui stesso non avrebbe potuto orchestrare una situazione più perfetta. Avrebbe lasciato l'ufficio nelle mani di Anne, Roger avrebbe potuto continuare ad analizzare i documenti storici sulla stregoneria che avevano acquisito la settimana prima e lui avrebbe avuto tutta la riservatezza di cui aveva bisogno mentre frugava nei meandri del palazzo reale di San Rimini.

Sferrò un pugno al palmo della mano e andò a riferire i suoi piani a Anne e Roger.

Ma ventiquattro brevi ore dopo, mentre Nick saliva la scaletta del jet privato della principessa, si rese conto di non avere tanto controllo sulla situazione quanto aveva immaginato. Quando fu accolto non solo da un pilota in uniforme, ma anche da un soldato armato e da una nerboruta guardia del corpo con la stazza di un attaccante di football e lo sguardo attento di un uomo che aveva una lunga esperienza militare alle spalle, gli fu chiaro.

Questa donna è una reale. Autentica e protetta 24/7. Importante e di alto, altissimo profilo. E lo aveva appena intrappolato sul suo terreno.

Non importava quali rassicurazioni gli avesse offerto la principessa; la sua riservatezza non era più garantita.

La guardia del corpo si allacciò la cintura attorno al corpo massiccio su un sedile accanto alla porta, mentre il soldato ripose la valigia di Nick, gli fece cenno di procedere verso l'interno dell'aereo e svanì nella cabina di pilotaggio assieme al pilota. Nick si chinò a oltrepassare le tende e un bagno, rendendosi conto, mentre entrava nella sontuosa cabina principale, che sarebbe rimasto da solo con la principessa nella zona chiusa dalla tenda.

E lui che avrebbe voluto dormire. Una brutta caduta da cavallo, avvenuta due giorni dopo l'incontro con Rufina, gli aveva lasciato emicranie ricorrenti – per le quali Nick assumeva aspirina in quantità industriali – e gli aveva rotto il naso. Sebbene il naso fosse guarito bene alla vista, lui non intendeva regalare alla principessa il piacevolissimo suono del suo russare.

Isabella era già seduta su uno dei sedili di ricco cuoio della cabina, la cintura allacciata, le lunghe gambe infilate sotto la poltroncina con le caviglie incrociate. Un tavolino di mogano lucido si estendeva dal sedile; su di esso erano posati una copia dalla rilegatura flessibile del primo volume della *Storia della decadenza e della caduta dell'impero romano* e un bicchiere di cristallo per l'acqua vuoto.

La principessa indossava un tailleur nero e una camicetta color avorio che rendeva i suoi occhi color dell'ambra e la sua pelle olivastra ancora più luminosi di quanto lo erano stati nel suo ufficio il giorno prima. I capelli lunghi erano raccolti in uno chignon lento, che lasciava sfuggire qualche ciocca che andava a danzare lungo le guance. Sebbene l'ora di cena fosse passata da un pezzo e li attendesse un lungo volo, la principessa aveva un'aria così elegante che un fotografo sarebbe potuto apparire in qualunque momento per scattare un ritratto ufficiale e ottenere un risultato brillante.

La donna aveva un telefono cellulare vicino all'orecchio, ma annuì a Nick quando lui le passò accanto per dare un'occhiata al sistema audio e alla piccola televisione montata lungo la paratia posteriore dell'aereo. Nick aveva la sensazione di doverle dare un momento per concludere la telefonata prima di prendere posto di fronte a lei, ma l'interno dell'aereo non lasciava grande spazio all'intimità.

Da quello che lui riuscì a sentire a quel capo della conversazione, la principessa stava parlando con il fratello maggiore, il principe Federico, di recente rimasto vedovo. Isabella sembrava in ansia riguardo ai figli del fratello. Voleva sapere chi avesse letto loro la storia della buonanotte la sera prima, quindi chiese come stessero affrontando l'intensa copertura mediatica per l'anniversario dei sei mesi dalla morte della madre. Pose poi domande intelligenti riguardo a come Federico stesso si sentisse. Qualunque cosa avesse detto il principe, lei non parve crederci; non c'era da stupirsene, considerato che a San Rimini erano le cinque del mattino e che il principe era sveglio e al telefono. Pur avendo la fronte aggrottata per la preoccupazione, la principessa Isabella rassicurò il fratello con un tono dolce e lenitivo, per poi promettere che sarebbe andata a trovare i nipoti non appena arrivata. Il suo amore per la famiglia riecheggiava in ogni parola. Nick cercò di ignorare l'ondata di invidia che provò per Federico, il quale aveva nella sua vita una persona che teneva abbastanza a lui da controllare come stesse.

Una volta che la conversazione si fu spostata sull'imminente visita del padre dei due alla Polonia, Nick lasciò perdere l'illusione di riservatezza e prese posto sul sedile di cuoio di fronte alla principessa. Quando Isabella concluse la telefonata e si tamponò con discrezione una lacrima dall'angolo di un occhio, per poi salutare Nick calorosamente come se lei e suo fratello non avessero discusso di nulla di più serio del tempo, lui si rese conto che la pubblicità generata dalla donna avrebbe potuto essere l'ultimo dei suoi problemi.

Quanti anni erano trascorsi dall'ultima volta in cui era stato solo con una donna che non fosse Anne? Per di più una bella donna sanriminese dal cuore d'oro, in un lussuoso jet con un bar completo e un viaggio notturno che li attendeva.

Nick distolse lo sguardo dalla principessa, concentrandosi su quello che stava succedendo nel vicino atrio. Diverse persone sembravano aver notato lo stemma della famiglia reale dipinto sulla fiancata dell'aereo e si erano recate alle finestre più vicine per fissarlo affascinate.

"È la prima volta che mi trovo al Logan Airport da quando mi sono laureata," osservò la principessa. "Sono cambiate tante cose. Devo ammettere che trovarmi qui mi provoca una certa emozione. Prometto che mi rallegrerò una volta in volo."

Con l'eccezione del restringimento delle maglie della sicurezza aeroportuale, l'unica cosa che Nick ricordava fosse cambiata a Boston negli anni trascorsi da quello di laurea della principessa era la quantità di lavori stradali. Dubitava che quel cambiamento potesse provocare una reazione emotiva. Prima che lui potesse chiedersi cosa la turbasse, la donna si slacciò la cintura e si recò al bar dell'aereo, racchiuso nei pannelli di legno vicino al sistema audio. "Posso offrirti da bere prima del decollo?"

"Non mi aspetto certo che siate voi a servirmi, Vostra Altezza. Per favore, permettetemi."

Nick fece per alzarsi, ma la principessa gli fece cenno di rimanere seduto. "Volevo prendermi comunque un'acqua tonica. È inutile che ci alziamo entrambi. Che cosa desideri?"

"Vada per l'acqua tonica, ma io la prendo con il gin. Grazie."

La guardò versare il liquido trasparente in un bicchiere di cristallo, meravigliato che volasse senza un attendente di volo dedicato esclusivamente a lei, come facevano molte persone ricche e famose. La principessa Isabella diTalora era completamente diversa da qualunque reale lui avesse mai incontrato, e Nick ne aveva conosciuti diversi nel corso dei suoi numerosi anni di vita.

La principessa tornò con le bevande proprio mentre il pilota scostava la tenda della cabina principale, chiedendo alla principessa se fosse pronta al decollo.

"Immagino che Miroslav sia pronto?"

Lo sguardo di Isabella era rivolto verso la guardia del corpo che Nick aveva visto seduta dall'altro lato della tenda.

"Confermo, Vostra Altezza."

"In tal caso, lo sono anch'io." Il gentiluomo in uniforme annuì, quindi verificò che i contenuti del bar fossero assicurati e che i bagagli fossero riposti a dovere, ricordò loro di tenere allacciate le cinture quando erano seduti, dopodiché si inchinò alla principessa e tornò alla cabina di pilotaggio.

Isabella prese posto, quindi afferrò un grosso volume a copertina flessibile dalla tasca appesa al sedile e cominciò a leggere.

"Giulio Cesare non vi interessa?" Nick lanciò un'occhiata eloquente al tomo sul tavolino accanto alla principessa.

Lei lo guardò da sopra il libro. "Mi interessa molto. Anzi, lo sto rileggendo." Sollevò il volume che aveva in mano per mostrargli il titolo: *Il futuro del cinema indipendente.* "Ma quest'estate farò da maestra di cerimonie per il Festival del Cinema di Venezia e voglio approfondire la mia conoscenza del settore." Inarcò un sopracciglio e accennò al libro sul tavolino. "Cesare dovrà aspettare."

Nick non riuscì a trattenere una risata. Una presentatrice celebre che si preparava davvero per l'evento? "Non leggete mai per diletto? Romanzi gialli o rosa, magari?"

La principessa sorrise, rivelando denti bianchi dietro alle labbra piene. "Chi dice che l'impero romano non è divertente? Anche lì è pieno di misteri e di amore."

"Immagino di sì." Era palese che la principessa non aveva

idea di come fare a rilassarsi, nonostante fosse circondata dal lusso. Fosse stato nella sua posizione, lui avrebbe saputo come approfittarne. Con sua irritazione, si ritrovò a rimpiangere di non poterle mostrare il perché, anche se non avrebbe dovuto interessarsi minimamente alle questioni personali di Sua Altezza. Aveva una missione da compiere e una strega da trovare. Intrattenere rapporti intimi con chiunque, figurarsi con l'intoccabile principessa Isabella, avrebbe dovuto attendere che la sua maledizione fosse rotta e che lui potesse socializzare senza paura.

Bevve un lungo sorso di gin tonic, quindi si mise comodo sulla sedia e chiuse gli occhi. Involontariamente, gli apparvero nella mente le immagini di loro due che si godevano una notte in città. Nick l'avrebbe portata a fare un picnic invece di andare in uno dei ristoranti di lusso che sospettava lei frequentasse con i suoi altolocati amici. Magari le avrebbe servito del barbecue, l'avrebbe vista sporcarsi leggermente il viso e le dita di salsa. Poi avrebbe osservato la sua reazione quando le spezie avrebbero iniziato a farsi sentire.

Aprì gli occhi e finì la bevanda, rimpiangendo che il liquido non potesse lavare via le sue fantasie. Doveva spezzare la maledizione. Doveva farlo. Per quanti anni ancora sarebbe riuscito a sopportare di ridurre al minimo i contatti umani prima di impazzire? Dieci? Cinquanta? Duecentocinquanta? Rare occasioni come quella, in cui si rilassava in compagnia di un altro essere umano, facevano sì che si rendesse conto di quanto era solo al mondo. Peggio ancora, quando permetteva alla sua mente di vagare lungo il sentiero dell'autocommiserazione, Nick era tentato di raccontare la sua storia, anche solo per avere un'altra persona con cui parlare, nonostante le probabili conseguenze lo avrebbero trasformato in un fenomeno da baraccone o, peggio ancora, oggetto di studio degli scienziati.

"Dimmi, tu cosa leggi?"

La domanda inaspettata lo sorprese. Alla principessa interessava quello che lui leggeva? O forse voleva solo chiacchierare del più e del meno?

Nick si raddrizzò. "Un po' di tutto, direi." Anche se, visti i tempi, la sua ossessione di trovare Rufina significava che leggeva ben poco oltre a testi sulla stregoneria e quei rari saggi accademici sanriminesi su cui riusciva a mettere le mani.

"Gialli e rosa?" lo punzecchiò lei, un sorriso provocante sul viso.

"Beh, gialli sì."

"Ma niente rosa?" La donna bevve un sorso d'acqua, quindi guardò fuori dal finestrino mentre l'aereo accelerava lungo la pista. "Spero che non si tratti di una domanda troppo personale, ma mi auguro che tu non sia stato costretto ad abbandonare una persona cara per accettare il lavoro. In tal caso, posso organizzare–"

Nick si rigirò il bicchiere vuoto nel palmo della mano. "Non è necessario."

Il tono della principessa rimase lo stesso, ma dalla sua espressione lui capì che la risposta l'aveva stupita. "Non vuoi che la tua famiglia ti accompagni? Dato che rimarrai a San Rimini per diversi mesi, sarei più che lieta di organizzare un ricongiungimento."

"Vi ringrazio per l'offerta, ma ribadisco che non è necessario."

Lo spazio fra gli occhi della principessa si corrugò per la preoccupazione. "D'accordo. Ma se dovessi cambiare idea, fammelo sapere. Io fatico a restare lontana dalla mia famiglia per pochi giorni, figurarsi dei mesi. Non so come tu faccia."

"Non ho famiglia," ammise finalmente lui.

Sentiva ancora la loro mancanza dopo tutti quegli anni. Un conto era stato vedere i suoi genitori invecchiare e morire, ma più devastante di tutto era stata la perdita di sua moglie, Coletta.

Alcuni anni dopo l'incontro con Rufina, al suo ritorno dalla Terza Crociata, Nick aveva cominciato a rendersi conto che sua moglie aveva iniziato a invecchiare, ma lui no. Quella consapevolezza, combinata con il fatto che era sopravvissuto a quella che avrebbe dovuto essere una caduta fatale da cavallo, aveva cominciato a convincerlo della maledizione di Rufina. Una sera, dopo che Coletta aveva osservato innocentemente quanto fosse ingiusto che a lei fosse ingrigita la metà dei capelli prima che a lui perdesse di colore una singola ciocca, nonostante suo marito fosse di otto anni più anziano, Nick aveva confessato il segreto della sua longevità. Dopo una discussione durata una sera intera, lui aveva suggerito di trasferirsi in un luogo isolato, dove nessuno avrebbe messo in discussione la loro differenza di età apparente, che ora sembrava l'opposto rispetto a quella reale.

Seppur dubbiosa, Coletta aveva accettato, tanto per lealtà nei confronti di Nick quanto per timore di essere a sua volta accusata di stregoneria nel caso avesse continuato a invecchiare mentre lui rimaneva giovane. Tuttavia, man mano che arrivavano ad accettare la realtà della maledizione di Nick, Coletta si era allontanata da lui. Già faticava ad accettare il fatto che Nick trascorreva molto tempo lontano da San Rimini in missione per conto del re e attribuiva alle sue lunghe assenze il fatto di non aver concepito. A un certo punto, aveva iniziato a rifiutare di dividere il letto con lui. Le faceva troppo male, diceva. Nick aveva cercato di convincerla, ma la donna si era consumata di fronte ai suoi occhi e, alla fine, era morta prematuramente.

Nick era entrato in un periodo di profondo lutto. Sfortunatamente, quando si era ripreso, Rufina aveva abbandonato da tempo la foresta in cui lui l'aveva incontrata. Nessuno sapeva dove si trovasse, né tantomeno voleva parlare della strega dai capelli rossi. Dopo aver fallito nel tentativo di trovarla, lui aveva trascorso anni cercando di sacrificarsi come gli aveva detto Rufina, lavorando nei lebbrosari e negli ospizi, donando i suoi guadagni di mercenario ai poveri, rinunciando persino alla spada ed entrando per un periodo in un monastero nello sforzo assoluto di infrangere la maledizione. Nulla aveva funzionato.

Ora, più di ottocento anni dopo, lui si ritrovava ancora a contrastare il suo bisogno di contatto umano e di una famiglia. Cosa non avrebbe dato per essere al posto della principessa. Non per ottenere un titolo o una ricchezza pari alla sua, come aveva desiderato da giovane, ma per avere la possibilità di vivere il resto della sua vita circondato da persone che lo conoscevano e gli volevano bene, magari godere persino dell'amore di una moglie e di figli.

Si aggrappava alla speranza che gli stessi database e tecnologie moderne che rischiavano di farlo scoprire potessero aiutarlo a trovare Rufina, dando per scontato che lei vagasse ancora per il mondo come lui.

"Mi dispiace per la tua famiglia," si scusò la principessa, la voce melliflua colma della stessa dolcezza che aveva rivolto al principe Federico. "Non sapevo."

Lui le rivolse un sorriso pensato per rassicurare, la stessa espressione che, nel corso degli anni, aveva usato per liquidare chiunque gli avesse chiesto della sua famiglia. "Non c'è bisogno di dispiacersi," rispose, per poi sorridere e sollevare la mano sinistra per mostrarle l'anulare vuoto. "Semplicemente, non ne ho. Non è un problema."

Come se si fosse resa conto di essere entrata in territorio pericoloso, nonostante il tono amichevole di Nick, la principessa si limitò ad annuire, per poi riportare l'attenzione sul libro.

L'aereo si livellò e Nick ne approfittò per inclinare la sedia e chiudere gli occhi. Essere imprigionato con la principessa per nove ore gli avrebbe sciolto la lingua e le emozioni, se non avesse prestato attenzione.

Era molto più sicuro per Sua Altezza sentirlo russare.

Isabella soffocò uno sbadiglio mentre l'aereo rallentava sulla pista di atterraggio principale dell'aeroporto internazionale di San Rimini, che distava meno di mezz'ora di guida dal palazzo. Se avesse programmato con attenzione, magari sarebbe riuscita a concedersi un pisolino nel pomeriggio.

Nonostante il volo notturno fosse filato liscio, lei non aveva chiuso occhio. Troppi problemi le vorticavano nella mente perché potesse riposare, fra la preoccupazione per i suoi nipoti, la progettazione del discorso da fare al direttore del museo riguardo all'accordo improvviso con Nick e la ripetizione mentale del discorso che aveva programmato per una raccolta fondi della Croce Rossa a palazzo, che si sarebbe tenuta quella sera.

Ma anche se i suoi pensieri non fossero stati occupati, come al solito, dal lavoro e dalla famiglia, Isabella non avrebbe dormito. Come avrebbe potuto farlo quando un uomo dalla bellezza devastante dormiva proprio di fronte a lei?

Anche se lui russava.

L'aereo ebbe un piccolo sussulto quando il pilota spense il motore. Isabella sospirò, quindi ripose i libri nella borsa.

Nick si mosse, quindi si sfregò gli occhi con il palmo della mano. Diede una rapida occhiata fuori dal finestrino mentre il personale di terra spingeva una scaletta di metallo verso la porta.

"Grazie per avermi permesso di accompagnarvi durante il volo, Vostra Altezza. È molto meglio dei voli di linea. C'è spazio in abbondanza per le gambe e i sedili sono morbidi."

L'uomo allungò le gambe nello spazio che li separava come per sottolineare il concetto, quindi si slacciò la cintura, si alzò e prese il suo bagaglio e quello di Isabella dal ripostiglio mentre Miroslav Vulin, che le era stato assegnato come guardia del corpo per il volo, scostava la tenda per segnalare che erano pronti a lasciare l'aereo.

Isabella strizzò gli occhi contro la luce brillante del sole mediterraneo che penetrava nella cabina e gesticolò verso la sua valigia. "Posso pensare da sola al mio bagaglio. E non devi chiamarmi sempre 'Vostra Altezza.' Quando siamo soli, sentiti libero di chiamarmi per nome. Trascorreremo molto tempo insieme nei mesi a venire e la formalità sarebbe imbarazzante."

"Nessun problema per il bagaglio." Nick sollevò rapidamente la valigia di Isabella per rimarcare il concetto, quindi le fece cenno di precederlo giù dalla scaletta.

D'accordo. Isabella gli avrebbe permesso di prendere la valigia. Ma prima di passargli accanto, gli rivolse il suo sguardo più intimidatorio. "E per quanto riguarda 'Vostra Altezza?'"

"Fate strada, principessa."

Isabella scoppiò in una risata gorgogliante, che la fece sentire una scolaretta civettuola. Palesemente, l'occhiata severa che usava con i suoi fratelli non significa nulla per quell'uomo. Nick aveva ribattuto senza remore, a differenza della maggior parte delle persone, che sembrava voler evitare le conversazioni argute con lei, temendo che Isabella potesse offendersi per la minima provocazione. Lei lo ammirò per questo. E poi, quante volte aveva chiesto a qualcuno di darle del tu, solo perché l'altra persona annuisse e concordasse per poi continuare a rivolgersi a lei in maniera formale? O peggio ancora, segnando il suo posto a tavola con un biglietto che recitava "Sua Altezza la principessa Isabella Violetta Maria diTalora di San Rimini?" Quel biglietto in particolare aveva graziato un tavolo a un evento di due settimane prima. C'erano cavalli da corsa con nomi meno pretenziosi.

Se Nick rifiutava di chiamarla Isabella, lei poteva anche accontentarsi di "principessa."

Mentre scendevano lungo la pesante scaletta di metallo, Isabella sollevò una mano per evitare che il vento le soffiasse i capelli in faccia e l'altra per indicare il vasto palazzo reale, che sorgeva su una collina vicino al centro della città. "Quella è la nostra destinazione."

Si rivolse a Nick una volta posati i piedi sulla pista. "San Rimini è molto bella. Dato che ci troviamo incuneati fra l'Italia e i Balcani, abbiamo delle spiagge meravigliose, e naturalmente ci sono i casinò. Abbiamo sorvolato Venezia e la parte più settentrionale dell'Adriatico subito prima di atterrare. È un paesaggio incredibile. Ho pensato di svegliarti, ma non sapevo se volessi essere disturbato."

Eri troppo vigliacca per svegliarlo, la prese in giro la voce della sua mente. *E ora sembri una guida turistica insicura.*

Che diamine le era preso? Le situazioni sociali non l'avevano mai turbata; era in grado di parlare con chiunque, dal presidente degli Stati Uniti alla più umile delle suore di San Rimini, senza il minimo disagio. Allora perché la semplice presenza di Nick le dava la sensazione di aver bevuto un bicchiere di champagne di troppo a una festa?

L'uomo smise di camminare per un attimo e fissò al di là di lei, nella direzione del palazzo. Una ruga verticale si formò nello spazio fra i suoi occhi, per poi svanire. "Nessun problema. Sono già stato qui."

"Oh, magnifico," disse lei mentre l'uomo continuava a camminare, per poi sentirsi una completa imbecille, essendosi resa conto che c'era da aspettarsi che l'uomo, in quanto esperto di San Rimini, avesse già visitato il Paese. "Hai un casinò preferito?"

Nick scosse la testa. "È trascorso parecchio tempo dalla mia ultima visita. E allora non ho giocato molto."

Chi visitava San Rimini senza entrare in almeno un casinò, anche in occasione di un viaggio di lavoro? "Raccomando fortemente il Casinò Campione. Offrono l'utilizzo di salette private. Posso procurartene una, se gradisci. C'è persino la possibilità che mio fratello Marco si unisca a te. È sempre alla ricerca di qualcuno con cui condividere il tavolo di blackjack." Isabella cercò di non sorridere al pensiero della saletta privata preferita di suo fratello, il principe Marco. Era lì che lui aveva conosciuto la sua fidanzata, Amanda.

"Grazie per l'offerta. Ci penserò."

All'improvviso, Nick fece un mezzo passo che lo pose alle spalle di Isabella, assieme al soldato che faceva regolarmente la guardia alla cabina di pilotaggio. Isabella si guardò alle spalle, per poi rendersi conto di quale fosse il problema prima ancora di doverlo chiedere. Le macchine fotografiche.

Bizzarramente, lei non aveva mai prestato attenzione ai paparazzi che si allineavano appena fuori dalla pista quando atterrava l'aereo reale. Ormai, le sembrava quasi che facessero parte dell'aeroporto. Ma era palese che Nick se ne era accorto e si era spostato in modo da non comparire nelle fotografie, il viso bloccato dal corpo del soldato.

Con tanti saluti al suggerimento di far visita al Casinò Campione. Quell'uomo non si limitava a sfuggire alle attenzioni: era davvero paranoico.

Il soldato prese i bagagli di Nick, quindi li caricò sul veicolo mentre Miroslav le apriva la portiera posteriore. Nick girò attorno al veicolo fino al retro, quindi si infilò dall'altra parte, aprendo la portiera da solo invece che attendere che lo facesse l'autista.

L'autista si accigliò, quindi si fermò accanto alla portiera di Isabella per confermare la logistica con Miroslav prima che il soldato tornasse all'aereo. Isabella colse l'occasione per rivolgersi a Nick. "Ci sono due possibilità per il tuo alloggio. La mia assistente ti ha prenotato una suite al Ritz-Carlton di San Rimini. È a soli due isolati dal palazzo e a pochi passi dalla Strada il Teatro, la nostra via principale, nel caso tu gradissi fare acquisti o dare un'occhiata in giro. Naturalmente, il servizio in camera è compreso nel tuo compenso, ma se preferisci, ci sono diversi ristoranti nell'albergo o nella zona circostante–"

Nick sollevò una mano. "Qual è la seconda opzione?"

Perché Isabella non era stupita? Trasse un respiro profondo, chiedendosi come meglio spiegare l'altra sistemazione. "Dopo averti conosciuto di persona, ho avuto il sospetto che il Ritz non ti avrebbe messo a tuo agio. La seconda opzione è stata predisposta solo ieri, per cui temo che non sia altrettanto lussuosa."

"Non credo che esista qualcosa di 'altrettanto lussuoso' del Ritz, se non il palazzo stesso," rispose l'uomo, sebbene ci fosse una corrente di tensione nella sua voce mentre continuava a lanciare occhiate ai paparazzi attraverso i finestrini oscurati della limousine.

"Potresti stupirti."

L'uomo smise di osservare i paparazzi quanto bastava per rivolgerle un'occhiata perplessa.

"Come ti ho già accennato, la collezione della famiglia reale è conservata nei sotterranei del palazzo. L'ingresso si trova nella sezione più antica dell'edificio, che risale al nono secolo. In origine, si trattava di una fortezza costruita allo scopo di proteggere la città, ma dopo le Crociate, con lo stabilizzarsi della situazione politica, i sovrani l'hanno espansa una sezione alla volta per creare quella che ora è la Rocca di Zaffiro, la parte principale del palazzo."

Nick le lanciò un sorriso impertinente. "Conosco bene la Rocca."

Isabella avvertì un rossore diffondersi sulle sue guance. Era così abituata a raccontare la storia del palazzo ai dignitari stranieri che continuava a dimenticare che Nick ne sapeva quanto, se non più di lei. "Allora forse saprai che alcune delle stanze nella vecchia fortezza sono state trasformate in suite per gli ospiti negli anni Sessanta. Non sono esattamente sistemazioni di lusso, dato che non sono state rinnovate da allora, ma godresti di riservatezza. Non dovresti passare i controlli di sicurezza tutti i giorni e avresti accesso alla collezione in qualunque momento, del giorno e della notte, senza interruzioni. Ci sono zone più accoglienti del palazzo, dove di solito alloggiano i nostri ospiti. Saresti il benvenuto a soggiornare lì, ma–"

"La fortezza va benissimo."

Dentro di sé, Isabella sorrise. Chissà perché, sapeva che Nick avrebbe risposto così. "Se sei sicuro. Come ho detto, le stanze nell'ala per gli ospiti della Rocca sono offrono più comodità. Ma si trovano fra gli appartamenti privati della famiglia e le zone pubbliche, per cui non avresti lo stesso livello di riservatezza." Aveva dovuto offrirgli per l'ultima volta le normali suite per gli ospiti. Non farlo sarebbe sembrato inospitale.

"Purché ci siano un letto e una doccia, preferirei la stanza più tranquilla."

"La doccia è probabilmente la parte più rumorosa. I tubi sono vecchi."

L'uomo sorrise mentre lasciavano l'aeroporto e si allontanavano dalle macchine fotografiche, imboccando la strada che conduceva al palazzo. Una volta che si furono allontanati dall'aeroporto, Nick si rilassò visibilmente. Isabella era tentata di fare un commento sui paparazzi, ma tenne a freno la lingua. Invece, si allungò ad aprire la finestrella che separava il conducente dai passeggeri e parlò velocemente, in un italiano dall'accento sanriminese, ordinando all'autista di recarsi direttamente al palazzo e che non sarebbe stato necessario fare una sosta al Ritz. Dopo aver chiuso di nuovo la finestrella, si rivolse a Nick. "Mi assicurerò che tu abbia dei buoni asciugamani per compensare i tubi."

"Me la caverò benissimo. Sono certo di aver visto di peggio." Una fossetta apparve nella sua guancia sinistra e Isabella dovette costringersi a non fissarla. Le fossette le erano sempre piaciute e l'ultima cosa che voleva era che quell'uomo le piacesse.

"E poi," proseguì Nick, "non posso certo lamentarmi per l'accesso costante alla collezione. Nel caso dovesse venirmi un'idea nel cuore della notte, mi piacerebbe poterla seguire."

"E questo," rispose lei, "mi rende felice di averti assunto. Ma se dovessi cambiare idea riguardo alla sistemazione, informa la mia assistente e lei ti cambierà di posto."

La limousine cominciò a farsi strada lungo le pittoresche stradine acciottolate di San Rimini, seguendo i cartelli a forma di freccia che indicavano la Rocca, per cui Isabella indicò alcuni degli elementi meno noti del paesaggio. Nick parve interessato solo a livello superficiale, per cui lei rinunciò dopo avergli mostrato un paio delle sue librerie e ristoranti preferiti.

Dopo qualche momento di silenzio, Nick chiese: "Quando potrò vedere la collezione?"

"Oggi, se gradisci."

"Assolutamente."

Ciò avrebbe significato saltare il pisolino, ma se Isabella avesse fatto in modo di permette a Nick di cominciare in giornata, era probabile che l'indomani avrebbe avuto più tempo da trascorrere con i suoi nipoti. E poi, prima Nick avrebbe cominciato a organizzare e catalogare la collezione, più era probabile che la nuova ala del museo avrebbe potuto aprire in tempo per i festeggiamenti per l'anniversario dei mille anni dell'indipendenza della nazione, ai quali mancavano solo sei mesi. Suo padre sarebbe stato felicissimo di veder realizzato il sogno dell'amata moglie.

"La mia assistente ti mostrerà le tue stanze quando arriveremo a palazzo. Avrai qualche ora per sistemarti, mangiare qualcosa o riposare, se gradisci. Temo di avere un altro impegno e che non potrò mostrarti i magazzini prima delle quattro."

L'uomo non nascose lo stupore. "Mi mostrerete personalmente i magazzini? Devo ammettere, Vostra Altezza–"

"Isabella, per favore. O 'Principessa,' se proprio non riesci a darmi del tu."

Nick mostrò i palmi. "Devo ammettere, principessa," disse, sottolineando il titolo, "che sono ancora stupito che voi siate venuta a incontrarmi personalmente e che vi siate presa tanto disturbo per la mia sistemazione. Non serve che sottraiate altro tempo ai vostri impegni."

"Non avresti accettato il lavoro se non fossi venuta di

persona. Me ne sono resa conto la prima volta che la mia assistente ha provato a fissare un appuntamento con te."

"Vero."

"E ho detto che sarei stata io la tua referente, invece della commissione per le collezioni del museo, per cui è naturale che sia io a mostrarti i magazzini. E poi, sono l'unica in tutto il palazzo che sa orientarsi laggiù. La maggior parte delle casse non è stata toccata da decenni." Mentre parlava, Isabella estrasse il telefono dalla borsetta per controllare l'agenda. "Ho solo mezz'ora, ma dovrebbe essere sufficiente a darti le indicazioni fondamentali. Ne riparleremo nei prossimi giorni."

Quando i cancelli di ferro battuto del palazzo apparvero alla vista, lei trasse un profondo sospiro soddisfatto. Nick si raddrizzò sulla sedia, allungandosi per vedere meglio. Sebbene i doveri di Isabella la allontanassero spesso da San Rimini, lei non si era mai abituata a trascorrere del tempo nelle stanze d'albergo. La sua casa, dove poteva dormire sotto lo stesso tetto che conosceva da quando era bambina, circondata dalla famiglia, era tutto per lei.

Mentre la limousine rallentava e l'autista salutava la guardia all'ingresso, i pensieri di Isabella si spostarono su suo fratello e sui suoi due nipoti, Arturo e Paolo. Federico era cambiato nei mesi trascorsi dalla perdita della moglie. Era sempre stato taciturno e riflessivo, se non altro rispetto agli altri fratelli di Isabella: l'ambizioso Antony e lo scapestrato Marco. Ma ora, Federico trascorreva le giornate come se avesse inserito il pilota automatico e non voleva discutere dei propri sentimenti nemmeno con lei. Isabella sospettava che la sua sofferenza andasse oltre al lutto per la perdita della moglie e si chiese se i suoi nipoti avessero percepito il cambiamento nel padre. D'altra parte, anche loro erano ancora profondamente scossi.

Isabella non aveva idea di cosa fare. Sempre che si potesse fare qualcosa.

"Principessa?"

"Sì?" Isabella tornò a concentrarsi su Nick. Lui la osservò come se avesse letto ogni pensiero che le era passato per la testa.

"Dovete essere proprio felice di essere a casa. Non avete risposto alla mia domanda."

Lei si appiccicò un sorriso sul volto. "Mi dispiace. Credo di essere un po' stanca per il volo."

"Vi ho chiesto dove ci incontreremo." Isabella doveva avere un'aria confusa, perché l'uomo aggiunse: "Se avete bisogno di quella mezz'ora per riposarvi dal viaggio, i magazzini possono aspettare domani. Un giorno non è nulla nel grande schema delle cose."

L'uomo diceva tutte le parole giuste, cortesi, ma le sue mani si immobilizzarono sul cuscino del sedile nello stesso modo in cui aveva premuto le mani sul piano di granito per bloccarle quando avevano discusso i termini dell'incarico nell'ufficio di Boston. E mentre la limousine rallentava accanto alla parte più antica del palazzo, la zona dove Nick avrebbe soggiornato, lei vide il suo sguardo guizzare verso le enormi pareti di pietra della fortezza. Un'emozione – riconoscimento? – gli attraversò il volto, per poi svanire. Strano, perché le visite turistiche non comprendevano mai quella zona del palazzo e, che lei sapesse, l'uomo non era mai stato ospite lì.

Quella persona suscitava decisamente la sua curiosità.

"No, va tutto bene," gli assicurò. "Ci vediamo nella tua stanza alle quattro."

CAPITOLO 3

Isabella appoggiò la spalla alla pesante porta di quercia ad arco che conduceva ai livelli inferiori del palazzo, mosse la chiave di ferro fino a quando non sentì che aveva assunto la posizione corretta e spinse con tutta la sua forza.

"Spero che mi spiegherete il trucco per aprire quella porta." La voce di Nick giunse dalle spalle di Isabella mentre la massiccia porta di quercia iniziava a muoversi.

"Le serrature di questa zona avrebbero dovuto essere sostituite l'anno scorso, ma i fondi sono stati dirottati verso un altro progetto," si scusò lei. "Non voglio nemmeno pensare a quanto sia vecchia questa."

"È originale. E lo è anche la porta. È incredibile che abbiano resistito così a lungo."

Isabella cercò di nascondere la sorpresa. Nick parlava come se le avesse installate lui stesso. "Sei tu l'esperto. Forse non è il caso di sostituirle."

"Dipende da cosa c'è dietro. Se la collezione è preziosa e non sono previsti suoi spostamenti, potreste prendere in considerazione l'idea di rimuovere del tutto la porta e montarla nell'arcata vuota vicino alla mia stanza. In questo modo, potrete sostituire la porta che manca lì e installarne una moderna e allarmata qui."

Isabella estrasse la chiave dalla toppa e si voltò verso di lui. "Hai già visitato questa zona del palazzo? Come fai a sapere che c'era una porta in quell'arcata?"

L'uomo scrollò le spalle con noncuranza. "L'arcata è identica a questa e ci sono dei segni lungo il lato dove si troverebbero i cardini. Avrebbe senso che ci fosse una porta laggiù, per chiudere questo corridoio e ridurre gli spifferi." Sollevò la testa e osservò le alte travi di supporto di legno e la leggera curvatura del soffitto di pietra. "Quando questo corridoio è stato realizzato, non c'erano condotti di riscaldamento nascosti. Si vede che è stato restaurato."

"Purtroppo, nei magazzini il riscaldamento non c'è. Preparati al freddo."

Isabella accese la luce, illuminando una stretta scala di pietra che scendeva per mezzo piano fino al livello inferiore della fortezza. Nick la seguì, tenendo una mano sulla fredda parete di pietra grigia mentre scendevano lungo gli antichi gradini concavi. Quando entrarono nel magazzino cavernoso, lei sentì Nick prendere bruscamente fiato.

"Ti avevo detto che faceva freddo."

Quando lui non rispose, Isabella si voltò e vide che si era allontanato e si era inginocchiato per osservare una spada posata su un panno di velluto blu sul pavimento, sulla sinistra delle scale.

"È stata riconsegnata qualche giorno fa. È uno dei pochi pezzi che ho prestato al museo."

"È per questo che è fuori?"

Lei annuì. "Stando agli esperti dell'Università di San Rimini, risale al tardo dodicesimo secolo. Il direttore del museo ritiene che potrebbe essere appartenuta a re Bernardo o a suo figlio, re Rambaldo. Vorrei sapere cosa ne pensi."

Gli occhi marroni di Nick si spalancarono per l'interesse. Le sue mani erano sospese a pochi centimetri dall'arma. "Posso?"

"Certo."

L'uomo sollevò la spada con cura, quindi passò le dita lungo di essa. Voltandosi, osservò il pomello. "Non apparteneva al re."

"Quale? Bernardo o Rambaldo?"

"Nessuno dei due."

Isabella si mise alle sue spalle, sporgendosi da sopra la spalla destra per guardare a sua volta l'elsa della spada. Mentre lo faceva, un vago profumo di dopobarba o colonia si mescolò al calore della pelle di Nick per sferrare un attacco ai suoi sensi. Isabella contrastò una momentanea ondata di vacillamento, costringendosi a non appoggiare una mano sulla robusta spalla dell'uomo per sostenersi.

L'ultima cosa di cui aveva bisogno era la sensazione dei muscoli sotto il palmo. Aveva fatto le sue scelte di vita. Non avrebbe permesso a un'attrazione momentanea di distrarla dai suoi doveri, non importava quanto splendida potesse essere la distrazione.

Ignorando di proposito il modo in cui i capelli dell'uomo si arricciavano dietro le orecchie, si concentrò sulla spada. "Come puoi giungere così rapidamente alla conclusione? I professori e il direttore l'hanno esaminata per settimane."

"Vedi questa zona?" Ancora accovacciato, Nick spostò il peso per voltarsi verso di lei e indicò il pomello, la sfera a un'estremità della spada. "La maggior parte dei re sanriminesi vi faceva incidere il proprio stemma. Quello di Bernardo era una combinazione delle iniziali sue e della moglie. Rambaldo usava un drago con una corona sul capo, anche se alcuni studiosi sostengono che usasse uno stemma diverso. A ogni modo, qualunque spada di sua proprietà sfoggiava uno stemma."

"Allora a chi apparteneva?" Isabella si accigliò. "I docenti dell'università avranno ragione almeno sulla datazione?"

"Oh, risale al dodicesimo secolo, su questo non c'è dubbio, e apparteneva a una persona ricca e influente. Lo si capisce dalla fattura. Sicuramente, è per questo che sospettavano fosse proprietà di un re. Inoltre, nel tardo dodicesimo secolo, la maggior parte dei cavalieri sanriminesi faceva stampigliare una piccola croce sull'impugnatura prima di partire per la Terza Crociata. Credevano che avere la croce contro il palmo della mano conferisse loro la protezione di Dio in battaglia."

Nick afferrò la spada sulla sommità dell'elsa con la mano destra e indicò con la sinistra un punto appena sotto il palmo.

"Vedete? Eccola. La maggior parte dei cavalieri faceva avvolgere l'impugnatura con cuoio o velluto, per cui questa zona era protetta. Naturalmente, la copertura si è consumata da tempo e possiamo vedere quello che resta della croce."

Isabella strizzò gli occhi per mettere a fuoco una minuscola rientranza, a malapena visibile. Se non avesse saputo dove guardare, avrebbe pensato che si trattasse di una piccola ammaccatura. Ma mentre Nick tracciava i contorni con un dito snello, si rese conto che era davvero una croce.

L'uomo si alzò, quindi tese la mano a Isabella. Una volta che lei si fu rimessa in piedi, sorrise con l'intento di ringraziarlo per la sua cavalleria, ma l'uomo indietreggiò di alcuni passi.

Isabella trattenne un'esclamazione di stupore quando l'uomo tracciò un ampio arco con la spada di fronte a sé. "Il peso e le dimensioni sono corretti," osservò, rivolto tanto a se stesso quanto a lei. "E la fattura è squisita."

Nick si allontanò di un altro passo, quindi ruotò su se stesso, fendendo l'aria fredda e stantia del magazzino con la forza di un cavaliere che difendeva la sua casa dal nemico invasore. Un sorriso esuberante si allargò sul suo volto, mettendo nuovamente in mostra la fossetta. "Sono certo che appartenesse a un cavaliere che militò nella Terza Crociata. Qualcuno che ebbe la fortuna di sopravvivere alla guerra, considerato che la spada è tornata su suolo natio."

Lasciò ricadere la spada lungo il fianco, ma mantenne una

presa ferma sull'impugnatura. Gli brillavano gli occhi. "È meravigliosa. Cos'altro c'è qui?"

"Ben poche armi, per fortuna. Sono state trasferite nell'ala originale del museo." Isabella non voleva pensare a cosa avrebbe combinato Nick armato di lancia. "Gli oggetti più affascinanti sono i documenti. Antichi registri di corte, persino certificati di nascita e di morte. Secoli di scritture monastiche. Se sai leggere il sanriminese antico…?" Inarcò un sopracciglio in una domanda, dato che persino la maggior parte dei sanriminesi aveva delle difficoltà con il dialetto antico.

"Sì."

"Allora troverai abbondanza di informazioni che nessuno, all'Università di San Rimini, ha studiato. Ci sono anche arazzi, quadri, sculture… qualunque cosa ti venga in mente è probabile che sia qui da qualche parte. Persino vecchi piatti e tende di palazzo, anche se la maggior parte è ridotta a brandelli." Isabella si guardò attorno, sbalordita come sempre dalla vastità della collezione. "Come puoi vedere, non c'è molta organizzazione."

La madre di Isabella, la regina Aletta, aveva ordinato la costruzione di dozzine di armadietti di stoccaggio in compensato e rete metallica quando aveva iniziato a pensare all'arricchimento del museo. I grandi contenitori erano disposti lungo le pareti del vasto spazio aperto. Ciascuno aveva sullo sportello un cartellino con un codice che indicava grossomodo il periodo a cui risaliva l'artefatto, ma per il resto, nulla era stato ispezionato o organizzato. Al centro della stanza, tutti gli artefatti troppo grandi per essere racchiusi nei contenitori erano disposti alla rinfusa. Alcuni coperchi di sarcofagi e parti di tre altari recuperati da antiche cappelle dominavano la zona. Enormi quadri, una grossa grata di ferro che Isabella pensava si fosse trovata a un certo punto all'ingresso della sezione antica del palazzo e centinaia di altri oggetti che lei non era in grado di identificare riempivano il resto dello spazio.

"Mi piacerebbe vedere dove sono conservati i documenti. Li

esaminerò per primi. Se saremo fortunati, troveremo un inventario o almeno una descrizione di alcuni di questi pezzi." Nick passò lo sguardo sulla stanza, il volto un miscuglio di meraviglia e pregustazione. "Questo è il sogno di qualunque storico. E non è assolutamente polveroso come mi aspettavo."

"Te l'avevo detto che sarebbe stata l'occasione di una vita," rispose Isabella. "E può non sembrarti polveroso ora, ma lo diventerà quando comincerai a spostare le cose. Mia madre aveva fatto pulire le zone libere del pavimento e, da quando lei è scomparsa, me ne sono occupata io, ma la maggior parte degli artefatti non è stata toccata."

"Va bene così." Nick sembrava immerso in un altro mondo. Si inginocchiò a voltare un piccolo scrigno di legno, ne ispezionò il fondo e lo raddrizzò prima di passare al gruppo di oggetti successivo.

"Sfortunatamente, i documenti sono sparpagliati in tutta la stanza. Qualunque cosa avesse una data evidente è stata messa nel contenitore appropriato, ma il resto è stato riposto nelle casse sul retro della stanza. Ti fornirò gli strumenti per aprirle. Se avrai bisogno di aiuto—"

"Non credo."

L'uomo le passò davanti, nell'andatura una gioia infantile mentre sbirciava attraverso la rete metallica di ciascuna teca, voltandosi ogni tanto a fissare il coperchio di un sarcofago. Tenne la spada antica in mano, roteandola come se fosse fatta apposta per lui. Nonostante indossasse una polo nera e pantaloni color cachi stirati, Isabella non riusciva a scrollarsi di dosso l'immagine mentale di lui nelle vesti di guerriero medievale. I muscoli delle braccia di Nick si contraevano mentre impugnava l'arma e, per un breve istante, lei riuscì a immaginarlo in armatura completa, con i capelli lunghi di un cavaliere che brandiva l'arma contro i nemici di San Rimini.

"Hai sempre portato i capelli così corti?" chiese, per poi avvampare per l'imbarazzo. La sua balia, che Dio l'avesse in gloria, si sarebbe rivoltata nella tomba se avesse sentito la principessa porre una domanda del genere. "Chiedo scusa. Non so come mi è venuto in mente di fare una domanda così invadente."

"Non è invadente. Lo sarebbe se mi avessi chiesto la mia dichiarazione dei redditi o che tipo di intimo indosso."

NON APPENA LA risposta leggera alla scusa della principessa uscì dalla bocca di Nick, lui avrebbe voluto rimangiarsela. Si era rilassato troppo e aveva abbassato la guardia. E se lei avesse davvero chiesto di vedere la sua inesistente dichiarazione dei redditi? Smise di camminare e si voltò verso la principessa, ma mantenne di proposito un tono di voce distaccato. "Un tempo portavo i capelli più lunghi. Ma molto tempo fa. Perché?"

Era stato così sciocco da osservare che la porta di quercia all'ingresso del magazzino era originale. Era passato da lì dozzine di volte per dirigersi in quello stesso magazzino, che un tempo era stato l'armeria di re Bernardo. Nick aveva rimediato all'errore con una certa facilità, ma ora, qualcosa nell'espressione della principessa lo spinse a esitare.

Era come se lei lo vedesse come era in passato. Quando portava i capelli più lunghi.

Isabella si scrollò di dosso la sua domanda. "Non c'è un vero motivo. Ero solo curiosa. Questo taglio ti sta bene. È che... Hai i capelli molto simili a quelli di mio fratello Antony, ecco. Lui fa molta fatica a tenerli in ordine. Dice che, non appena arrivano a una lunghezza decente, si arricciano."

La principessa si chinò a sfiorare con un dito un arazzo arrotolato, ma mentre proseguivano la loro camminata lungo la fila di sportelli, lui notò che stava continuando a osservare con discrezione lui stesso e il modo in cui impugnava la spada. E c'era qualcosa di strano anche nella domanda sui capelli. La donna si era imbarazzata subito dopo averla fatta e non poteva essere perché stava pensando alle difficoltà del fratello.

Non poteva sapere. Non senza aver visto un ritratto di Nick, e lui sapeva per certo che non ne esistevano. Era stato un cavaliere senza terra, fortunato ad aver accesso alla casa reale. Solo il re e alcuni membri importanti della nobiltà di San Rimini commissionavano ritratti, non i cavalieri che si limitavano ad aspirare ad ascendere a quell'augusto gruppo.

Imprecò mentalmente contro se stesso per la sua paranoia. Nessuno, in quell'epoca, avrebbe creduto alla sua storia, né tantomeno avrebbe potuto tirare a indovinare guardandolo impugnare una spada.

E tuttavia…

Sollevando l'arma, chiese: "Qual è il suo posto?"

"Lo lascerò alla tua discrezione. Sei stato assunto per passare in rassegna tutte queste cose, ricordi?" Isabella sorrise e lui si rese conto che persino in privato la principessa mostrava le stesse, limpide emozioni che i fotografi della stampa catturavano così spesso durante le sue apparizioni in pubblico.

Lui ricambiò il sorriso senza incrociare lo sguardo della donna, per non essere tentato da ciò che vedeva nei suoi occhi troppo amichevoli. L'intimità dell'ambiente silenzioso e i ricordi stimolati da quell'immensa collezione di artefatti mettevano a dura prova la capacità di Nick di distanziarsi dalle altre persone, come aveva trascorso anni a costringersi a fare. Passando lo sguardo sulla stanza, vide una scrivania ficcata in un angolo non lontano dalle scale. Affascinato com'era dalla spada e dalla principessa, non l'aveva notata quando erano entrati. In alto sopra la scrivania, una finestra solitaria rompeva il lungo piano della parete di pietra, fornendo l'unica luce solare presente nella stanza. "Per ora, la metterò sulla scrivania."

Isabella scostò il polsino della camicetta di seta bianca per controllare l'orologio. "Ci penso io. La mia mezz'ora si è quasi esaurita. Non vorrei lasciarti qui da solo, ma ho un appuntamento a cui non posso mancare." Si allungò verso la spada e lui gliela porse, chiedendosi se farlo non fosse una violazione dell'etichetta. Di solito, non si chiedeva alle principesse di reggere le spade.

"Il peso delle armi medievali mi stupisce sempre," commentò la donna mentre prendeva la spada. "L'ho già sollevata in passato e so che pesa solo un chilo o due, ma non ho idea di come gli uomini facessero a combattere con armi del genere per lunghi periodi di tempo. Verrebbe da pensare che, verso la fine di una giornata di combattimento, rischiassero di farsi male da soli."

Nick si chinò ad aiutarla, protendendosi verso l'impugnatura. "Gli uomini si addestravano per anni per usare adeguatamente queste armi. È una questione tanto di tecnica quanto di forza. Ecco, perché non la porto io alla scrivania?"

Isabella lo guardò, gli occhi che riflettevano la luce della finestra solitaria, e lui si rese conto di averle intrappolato la mano sotto la sua.

Come gli era venuto in mente? Avrebbe dovuto semplicemente lasciare che fosse lei a portare la spada alla scrivania, con tanti saluti all'etichetta, invece di toccare l'intoccabile principessa. Il suo corpo aveva già cominciato a reagire alla sensazione della delicata mano di lei sotto la sua, più ruvida, colmandolo con la pungente sofferenza del desiderio.

"Mi fai vedere?"

Nick esitò mentre il desiderio spediva la sua mente lungo il sentiero che il suo corpo avrebbe tanto voluto percorrere. Cos'è che doveva farle vedere?

"Mi è sembrato che tu padroneggiassi la tecnica e io sono sempre stata curiosa."

"Oh. Sì, certo." La principessa aveva trascorso la vita circondata da spade e armature antiche in bella mostra, dato che viveva in un palazzo vecchio di dieci secoli, ma a differenza dei suoi antenati, non aveva mai conosciuto il terrore della battaglia. Era naturale che fosse curiosa riguardo all'utilizzo dell'arma.

Nick si mise alle sue spalle, passando le braccia attorno a quelle di lei e sfiorandole la schiena con il petto. Il profumo dello shampoo costoso di Isabella lo raggiunse e lui si sforzò di trattenere la sua eccitazione istantanea. Erano passati troppi anni da quando si era concesso il conforto di una donna. Le relazioni occasionali a cui lo costringeva la sua maledizione avevano finito con il lasciarlo così vuoto che lui vi aveva rinunciato tempo prima.

Sfortunatamente, la castità autoimposta non lo rendeva immune alla bellezza delle donne. Soprattutto di quella.

Isabella fletté la mano attorno all'elsa e il suo corpo si strinse ancora di più a quello di Nick. "Così?"

"Proprio così."

Dentro di sé, Nick pregò che Dio gli desse la forza e non del genere necessario a impugnare la spada.

Dal momento in cui aveva udito la voce della donna attraverso la telecamera a Boston, avrebbe dovuto essere in guardia. Se non fosse stato attento, avrebbe baciato la principessa nel giro di pochi minuti. Nel corso della sua lunga vita, aveva imparato abbastanza riguardo alle donne da rendersi conto che probabilmente lei avrebbe ricambiato.

La principessa voltò la testa e incrociò il suo sguardo. Le sue morbidissime labbra lo chiamavano e all'improvviso lui si chiese se sarebbe stata lei a baciarlo per primo. Gli venne in mente che una donna come la principessa Isabella, che viveva sotto lo sguardo del pubblico e condivideva la casa con tre fratelli, il padre e numerosi membri del personale della sicurezza, probabilmente non aveva molte occasioni di rubare baci.

Fece per ritrarsi. Baciare la principessa avrebbe messo a rischio non solo il suo lavoro, ma anche la sua pace interiore. Ma poi, le labbra squisite della donna si schiusero quanto bastava per chiedere: "Dove devo mettere l'altra mano?"

Lui la fissò per un istante, poi la spada cadde sferragliando sul freddo pavimento di pietra.

Isabella sobbalzò al rumore, che parve riecheggiare per un'eternità nella sala cavernosa, ed emise un gemito di stupore.

"Vostra Altezza! Mi dispiace. Va tutto bene?"

"Sì, sto benissimo." La donna recuperò con una risata. "Sto benissimo. Sono solo stata colta alla sprovvista."

Nick si chinò a raccogliere la spada. "Deve essermi sfuggita." Se la rigirò nella mano, dimostrando di avere un miglior controllo dell'arma questa volta. "Ricominciamo."

La principessa indietreggiò verso le scale, il viso di diverse sfumature più pallido rispetto al solito. "No, grazie. Ci sono abilità che probabilmente non sono fatta per imparare." Controllò di nuovo l'orologio, anche se erano trascorsi solo pochi minuti dall'ultima volta. "Non voglio tardare all'appuntamento."

"Beh, magari più tardi, se doveste cambiare idea." Purché Isabella si riferisse all'uso della spada.

La donna annuì, ma non disse nulla. Solo dopo che lei ebbe lasciato la stanza lui si rese conto che non l'aveva corretto quando l'aveva chiamata "Vostra Altezza."

***

Isabella rivolse un distratto cenno del capo alla guardia fuori dal suo appartamento a palazzo, quindi svanì nell'intimità del suo spazio privato e si diresse subito verso il sontuoso bagno in marmo italiano, l'unica stanza del palazzo in cui aveva la certezza che nessuno l'avrebbe disturbata. Dopo essersi spruzzata il viso con la boccetta sul piano e averlo tamponato con un morbido asciugamano di cotone, si guardò nello specchio pesante.

"Devo essere la vergine ventottenne più famosa del mondo," borbottò, per poi pronunciare una rapida preghiera di ringraziamento per il fatto che il mondo non ne aveva idea. Come le era venuto in mente di chiedere a Nick Black dove doveva mettere l'altra mano? Voleva dire sulla spada, ma nel momento in cui le parole le erano uscite di bocca si era resa conto del doppio senso. E aveva avvertito la reazione istantanea dell'uomo in fondo alla schiena un attimo prima che l'arma cadesse a terra.

L'intero episodio l'aveva sconvolta. Eppure, al tempo stesso, mentre i suoi fratelli l'avevano informata molto tempo prima che gli uomini potevano eccitarsi senza grandi provocazioni e lo avevano fatto con l'intento di metterla in guardia, l'idea di aver provocato una reazione simile in Nick la entusiasmava.

"Stupida, stupida, stupida," brontolò allo specchio. Non le avevano forse inculcato fin da piccola che permettere ai suoi desideri privati di soprassedere ai suoi doveri reali non portava altro che guai? Bastava pensare ai Grimaldi. O agli Windsor. Lei non era più immune di loro alle aggressioni della stampa.

E quali ripercussioni avrebbe avuto quella pubblicità sulla sua famiglia? Le famiglie reali di Monaco e della Gran Bretagna subivano ancora le conseguenze per scandali accaduti decenni prima.

Isabella tornò in camera da letto, dove un domestico aveva premurosamente disfatto i suoi bagagli, portato via la biancheria sporca e preparato l'abito di Valentino color argento e la collana di diamanti che lei aveva intenzione di indossare all'annuale cena di beneficenza per la Croce Rossa organizzata da suo padre. Il dovere era la cosa più importante e, per una persona nella sua posizione, i doveri non finivano mai.

A tal proposito, Isabella aveva solo venti minuti prima di dover andare incontro a suo padre in modo che entrassero insieme nella Sala da Ballo Imperiale.

Recuperò gli appunti per il discorso, che aveva steso durante il volo fino a Boston, li rilesse un'ultima volta e li infilò in una borsetta di perline disegnata per abbinarsi al vestito. Dopo aver indossato con cura l'abito, per evitare che le perline delicate si impigliassero, Isabella si passò le spalline sulle spalle e chiuse la lampo. Guardandosi nella specchiera, decise di essere presentabile. Anche se avrebbe voluto poter indossare jeans e infradito. Capitava di rado che avesse l'opportunità di farlo.

Le bussarono alla porta e lei attraversò il salotto per rispondere, allacciandosi la collana di diamanti mentre camminava.

"Nerina." Sorrise alla sua assistente. "Entri. Immagino che mio padre mi stia aspettando."

"Non ancora, Vostra Altezza." La donna matura si inchinò leggermente. Sebbene Isabella non la smettesse mai di incoraggiare Nerina a rilassarsi, gli anni trascorsi come responsabile degli eventi di Villa Alfieri, proprietà che apparteneva alla famiglia di sua madre da generazioni, le avevano inculcato un certo livello di formalità. "Re Eduardo ha chiesto che lo incontriate sulla scalinata orientale fra dieci minuti." Dopo una domanda di circostanza sul viaggio della principessa, Nerina disse: "Prima che andiate a incontrare il re, dovremmo discutere della vostra agenda per domani."

"Certo," disse lei mentre si infilava le scarpe e andava a cercare una spazzola.

Nerina la seguì fino alla porta del bagno, mantenendo una rispettosa distanza mentre Isabella individuava la spazzola e alcune forcine nel cassetto del mobile da toeletta.

"Domani mattina, alle otto, farete un'apparizione alla scuola elementare cattolica adiacente al Duomo per parlare agli studenti dell'importanza della beneficenza. Dovreste fornire alcuni esempi di cose che i bambini potrebbero fare per aiutare gli altri."

Isabella ascoltò mentre si acconciava i capelli in uno chignon morbido. "Ne ho già parlato con padre Dario. Ho diverse idee."

Nerina annuì. "Naturalmente, Vostra Altezza. Mentre voi sarete a visitare la scuola, il ministro degli esteri ungherese avrà un colloquio con re Eduardo e il principe Antony. Al vostro ritorno dalla scuola, lo guiderete in una visita al giardino delle rose prima di un pranzo all'aperto. Parteciperanno vostro padre, vostro fratello Antony e sua moglie Jennifer. Ci saranno diversi membri della stampa, per cui uno dei vostri completi dai colori più tenui sarebbe appropriato. Alle due e mezza dovrete lasciare il pranzo. Diversi membri del comitato di organizzazione del Festival del Cinema di Venezia verranno a colloquio con voi per discutere dei vostri impegni e doveri come maestra di cerimonie quest'autunno. Vostro padre ha riservato la biblioteca del palazzo per l'incontro."

Isabella si accigliò mentre voltava le spalle allo specchio e prendeva la borsetta. "Avrò tempo per una pausa? Non sono riuscita a dormire durante il volo di ritorno da Boston."

Nerina fece una smorfia. "Temo di no, Vostra Altezza. Forse riuscirò a organizzare una breve pausa mercoledì. È il meglio che posso fare."

Isabella la ringraziò, ma mentre percorrevano il corridoio verso la scalinata orientale, Nerina le descrisse un'agenda così fitta di impegni che Isabella si rese conto che avrebbe dovuto sacrificare l'allenamento in palestra se voleva fare un pisolino. Si aggiustò il vestito sul fianco e giunse alla conclusione che forse sarebbe stato meglio andare in palestra. Altrimenti, non sarebbe più entrata nei vestiti il mese successivo, figurarsi al momento del festival cinematografico.

"Cosa devo dire al signor Black, Vostra Altezza?"

Isabella smise di camminare mentre il nome la strappava ai pensieri di abiti aderenti. "Scusi, Nerina. Cosa diceva del signor Black?"

"Sono passata dal magazzino prima di venire nel vostro appartamento, per assicurarmi che lui avesse a disposizione tutta la cancelleria e i materiali di consultazione di cui potesse avere bisogno. Ho ordinato la cancelleria, ma sembrerebbe che voi abbiate dimenticato di lasciargli la pianta che spiega la disposizione degli armadietti."

"È nel mio appartamento." Da qualche parte.

"Posso consegnargliela io mentre voi siete alla cena per la Croce Rossa, se gradite."

"Prima devo trovarla," ammise Isabella. "Gliela porterò domani mattina presto." Il che avrebbe significato un altro viaggio fino al magazzino e un altro incontro faccia a faccia con Nick.

Isabella aveva sempre considerato le zone più antiche del palazzo come un rifugio, una ritirata dalle pressioni e dallo sfarzo della sua vita pubblica. Un luogo dove lei poteva abbassare le difese e fingere di essere una persona qualsiasi. Da bambina, si nascondeva nei vecchi quartieri per gli ospiti per leggere romanzi rosa lontano dall'occhio attento della sua balia. Ma crescendo, aveva trascorso il suo poco tempo libero nel magazzino, lasciandosi andare alla curiosità per la storia del suo Paese senza che nessuno la interrompesse con le proprie esigenze, come la gente faceva spesso quando era nei suoi appartamenti.

Ma ora, con Nick Black che risiedeva fra le silenziose mura di pietra della fortezza e indagava nei recessi del magazzino, la sua ritirata non le apparteneva più. E abbassare le difese, come lei tendeva a fare quando si rintanava nella zona medievale del palazzo, non era più possibile.

Se lo avesse fatto, cosa avrebbe pensato Nick di lei? Se gli avesse permesso di avvicinarsi a lei, come aveva fatto quel pomeriggio, lui avrebbe osato baciarla? Avrebbe voluto farlo, ne era certa.

Se lo avesse fatto, Isabella sapeva che avrebbe ricambiato il bacio, nonostante il suo lato razionale dicesse che non era il caso.

"Sei bellissima, *mi figlia*.[1]"

Il padre di Isabella entrò nel corridoio da una porta laterale, la voce tranquilla che le calmava i nervi tesi come succedeva sempre quando lui le faceva un complimento.

Isabella non riuscì a trattenere un sorriso. "Siete troppo dolce. Anche voi avete un ottimo aspetto."

Re Eduardo conservava il vigore e il fascino della gioventù, sebbene fosse stato costretto a sottoporsi a un'operazione al cuore quasi due anni prima e la lunga convalescenza avesse messo a dura prova la sua pazienza. Lo smoking sottolineava il suo fisico snello da corridore e il colore scuro ben si abbinava alla sua pelle olivastra priva di difetti e ai corti capelli sale e pepe. Ogni tanto, la infastidiva pensare che, se loro due fossero stati due persone qualsiasi che camminavano in mezzo alla strada, era probabile che il re sarebbe stato scambiato per il suo compagno leggermente più anziano, invece che per suo padre.

Eduardo le offrì il braccio mentre si avvicinavano alla sommità della scalinata. "Com'è andato il tuo viaggio negli Stati Uniti? Mi pare di capire che tu abbia trovato un esperto per continuare l'opera di tua madre."

Isabella annuì e una visione di Nick che vorticava la spada nella mano segnata dalle cicatrici le lampeggiò nella mente. "Il progetto era in sospeso da tempo, ma spero che lui potrà concluderlo in tempo per aprire l'ala come parte degli imminenti festeggiamenti per l'indipendenza."

"È un'idea splendida. E ambiziosa." Gli occhi del re si colmarono di gioia alle parole di Isabella e lui la baciò sulla guancia. "Tua madre sarebbe commossa. Così come lo sono io. Mi terrai aggiornato?"

"Naturalmente." Quando arrivarono in cima alle scale, la conversazione fra padre e figlia cessò. La folla, che si era radunata più in basso nel foyer della Sala da Ballo Imperiale, tacque mentre tutti gli sguardi si volgevano verso la principessa e il re.

Assieme alle loro aspettative.

Isabella scese i gradini al braccio di suo padre, incrociando lo sguardo del direttore della Croce Rossa e sorridendogli, per poi annuire a un familiare membro del parlamento. Quello era il suo elemento, l'arena in cui lei brillava e dove poteva aiutare tante persone.

L'ultima cosa di cui aveva bisogno era di trascorrere la serata pensando all'uomo misterioso che aveva appena assunto.

Salutò un vecchio amico di suo padre, il conte Giovanni Sozzani, e lo ascoltò cortesemente mentre parlava del figlio sulla trentina, come faceva sempre quando si vedevano. Isabella sapeva che l'uomo sperava di suscitare il suo interesse, ma il figlio del conte aveva la reputazione di amare un po' troppo la vita notturna di San Rimini. Poteva anche essere la persona più meravigliosa al mondo una volta lontano dalle feste, ma a Isabella non interessava.

Incrociò lo sguardo di suo padre mentre si mescolava agli ospiti. Lui le lanciò un sorriso che trasmetteva tanto il suo amore quanto il suo orgoglio per tutto quello che lei aveva fatto. Quella rapida occhiata rafforzò anche la determinazione di Isabella a non commettere errori.

Sebbene il figlio di Giovanni non fosse una tentazione, Nick Black lo era di sicuro. Mentre si spostava nella sala da ballo, Isabella decise che avrebbe ritrovato la pianta e l'avrebbe lasciata sulla scrivania del magazzino quella notte, mentre Nick dormiva, invece di attendere il mattino.

Prima di rivedere Nick, doveva mettere sotto controllo la sua fissazione irrazionale per quell'uomo. Non poteva permettere, in nessuna circostanza, che la tentazione avesse la meglio su di lei.

CAPITOLO 4

Le scarpe di Manolo Blahnik erano elegantissime, decise Isabella mentre usciva dalla Sala da Ballo Imperiale poco dopo l'una di notte, ma non erano disegnate per essere indossate per tutta la notte, soprattutto non da una donna che traballava dopo aver trascorso quasi trentasei ore senza dormire. Per la quarta o la quinta volta quella sera, Isabella maledisse silenziosamente il fatto che i sanriminesi prediligevano lo stile alla comodità e si aspettavano che lo facesse anche lei.

Si fermò in fondo alle scale per posare per un'ultima foto pubblicitaria con un membro del consiglio di amministrazione della Croce Rossa sanriminese, sorridendo radiosa all'obiettivo nonostante le dolessero i piedi. Se una semplice foto di lei poteva fornire un minimo di visibilità in più all'organizzazione, un momento di disagio in più era fattibile.

Una volta libera dagli ultimi ospiti e lontana dalle zone pubbliche del palazzo, Isabella soffocò uno sbadiglio, quindi smise di camminare e appoggiò una mano a una teca di vetro per sostenersi. Fissò a lungo il corridoio che conduceva agli appartamenti suoi e di suo fratello Marco. Certi giorni, l'enormità del palazzo la schiacciava. Raggiungere la sua stanza era come correre la maratona di Boston.

Dopo essersi assicurata di essere sola, si sfilò le sottili scarpe argentate e se le agganciò al polso. Non indossare le scarpe la costrinse a sollevare l'abito lungo per non inciampare, ma se non altro non aveva più i piedi in una morsa. Dato che il suo appuntamento non era prima delle otto del mattino dopo, avrebbe potuto godersi finalmente qualche ora di sonno nel suo morbido, caldo letto.

Sorrise fra sé al pensiero di rimboccare le coperte ai suoi nipoti, Arturo e Paolo, i figlioletti del principe Federico. Mentre gli ospiti si godevano la cena e prima di fare il discorso, Isabella era riuscita ad allontanarsi dalla sala da ballo per il tempo sufficiente a leggere ai ragazzi una nuova storia della buonanotte, che aveva comprato per loro mentre era negli Stati Uniti. I piccoli principi erano stati entusiasti dalla sua breve visita, ma lei sapeva che la morte della loro madre grava ancora su di loro.

Per fortuna, i giornalisti avevano lasciato un po' di spazio ai ragazzi dalla morte inaspettata della madre in seguito a un aneurisma improvviso, ma i media avevano spolpato Federico come cani affamati che avevano scoperto un succoso osso di pollo. Quattro giornalisti diversi le avevano chiesto di Federico durante la cena di beneficenza. Lei aveva risposto genericamente, dicendo che Federico era ancora sconvolto e intristito, come qualunque marito dopo aver perso la giovane moglie, ma in realtà, Isabella aveva la sensazione che l'umore cupo di Federico fosse dovuto a qualcosa di più del lutto per Lucrezia. Erano passati troppi mesi per giustificare la sua melanconia.

Isabella salutò la guardia fuori dal suo appartamento, che per fortuna non fece osservazioni sul fatto che lei portava le scarpe al polso, quindi digitò il codice che apriva la porta. Federico era un uomo adulto. Avrebbe trovato un modo per voltare pagina e lei gli aveva fatto capire che sarebbe stata al suo fianco una volta che lui fosse stato pronto a parlare. Prima lo avesse fatto, meglio sarebbe stato tanto per Federico quanto per i ragazzi.

E – a essere onesta – prima suo fratello avrebbe potuto riprendere a partecipare con lei alle funzioni reali. Ora che il principe Antony era sposato, tendeva a concentrarsi sulla moglie nel corso delle cene e dei balli reali. Il principe Marco aveva cominciato solo di recente a partecipare agli eventi formali; li aveva evitati come la peste fino a quando la sua fidanzata, Amanda, non lo aveva incoraggiato ad assumere un ruolo più attivo nella vita di palazzo. Tuttavia, come Antony, Marco tendeva a concentrarsi sulla donna che aveva al proprio fianco.

Tuttavia, anche quando Lucrezia era viva, Federico rimaneva vicino a Isabella durante gli eventi formali, non solo per farle compagnia, ma anche per scongiurare qualunque tentativo di monopolizzare il tempo di sua sorella. Sarebbe stato la sua salvezza quella sera, quando lei non era riuscita a staccarsi di dosso il determinato dirigente di una banca italiana che aveva insistito per ballare con lei due volte di fila.

Per fortuna, l'uomo allampanato le aveva chiesto di ballare vicino alle finestre, aperte sul giardino. Altrimenti, il suo sudore nervoso avrebbe potuto macchiarle il vestito dove i palmi le circondavano la vita.

Cercando di levarsi dalla testa quel pensiero sgradevole, Isabella ripose le scarpe nell'armadio, decidendo che le avrebbe messe all'asta per beneficenza. Le Manolo Blahnik confezionate su misura erano meno costose a San Rimini che negli Stati Uniti, dove un paio come quello sarebbe costato l'equivalente di molti mesi di affitto, ma erano comunque abbastanza costose e alla moda da essere bramate. E la gente che frequentava gli eventi di palazzo poteva permettersi la spesa.

Isabella ignorò le camicie da notte più eleganti; invece, ne prese una di morbido cotone da un cassetto e la portò al letto, chiedendosi se avrebbe avuto l'energia per cambiarsi. Non c'era verso di rivedere gli appunti per il discorso che avrebbe tenuto alla scuola cattolica; avrebbe dovuto rinfrescarsi la memoria della discussione avuta con padre Dario durante il tragitto. Tenere a bada il banchiere aveva prosciugato le sue ultime risorse.

Si lasciò ricadere sul letto accanto alla camicia da notte, chiudendo gli occhi per scacciare i pensieri del suo fin troppo entusiasta compagno di ballo, ma un'altra immagine, più potente e sensuale, balzò spontanea nella sua mente assonnata.

Nick Black, con le braccia avvolte attorno alla sua vita, che la faceva piroettare sulla pista della Sala da Ballo Imperiale. Ma a differenza del banchiere italiano, Nick si muoveva con grazia, bisbigliandole all'orecchio, accarezzandole la schiena con le mani forti, seducendola con i segreti che lei sapeva nascosti all'interno della sua anima. E di sicuro, lui non le lasciava macchie di sudore sul vestito. Anzi, era *lei* a sudare nervosamente mentre l'uomo la guardava con un desiderio a malapena trattenuto negli occhi, proprio come aveva fatto quando avevano impugnato la spada quel pomeriggio nel magazzino—

Isabella spalancò gli occhi. *Il magazzino.*

Aveva promesso a Nerina che avrebbe portato la pianta a Nick l'indomani mattina. Considerata la direzione che avevano preso i suoi pensieri, avrebbe fatto molto meglio a lasciare la pianta sulla scrivania quella sera stessa, piuttosto che affrontarlo di mattina. Strappandosi dall'invitante morbidezza del letto, tirò fuori un paio di pantofole che teneva sotto il letto, quindi trascorse qualche minuto a frugare nel salotto alla ricerca della pianta prima di trovarla accanto alla morbida poltrona di velluto dove l'aveva studiata per l'ultima volta. Dopo essersi infilata la pianta sottobraccio, uscì dall'appartamento nel buio corridoio del palazzo.

L'ODORE di polvere e pergamena antica si levò dalla cassa mentre Nick staccava l'ultimo chiodo, per poi sollevare il coperchio di assi e appoggiarlo alla parete di pietra. All'interno, dozzine di rotoli dalle varie sfumature di giallo erano disposte in mucchi ordinati.

"Speriamo che sia qui," mormorò Nick alla stanza fredda, per poi bussare per scaramanzia sul legno della cassa. Da qualche parte, in qualche modo, doveva esserci una cronaca della vita di Rufina. Aveva lasciato il Paese? Aveva vissuto a lungo quanto lui? Nick lo sperava.

Nelle ultime sette ore, aveva aperto una cassa dopo l'altra, sollevando una nebbia di polvere nel magazzino. Dopo aver scrutato i contenuti delle prime due casse, si era arrampicato sulla scrivania e aveva socchiuso la finestra per far entrare l'aria fresca dai giardini. Non c'era voluto molto prima che note di musica e risate giungessero alle sue orecchie.

Conosceva abbastanza bene la pianta del palazzo da indovinare che i suoni giungevano dalla Sala da Ballo Imperiale, anche se quella stanza non esisteva all'epoca di re Bernardo. Ciononostante, l'atmosfera delle feste di palazzo era identica. Nick non riuscì a trattenersi dall'immaginare il luccichio dei bicchieri di champagne, le conversazioni intime e le risate degli ospiti entusiasti mentre percorrevano la pista da ballo sotto lampadari carichi d'oro e cristalli senza un pensiero al mondo.

Aveva conosciuto Coletta durante un evento del genere, poco dopo che lei era diventata domestica della regina. E sebbene all'epoca la bevanda preferita fosse il vino invece dello champagne e loro avessero condiviso un boccale di peltro invece che brindare con flûte di cristallo, l'atmosfera era la stessa che filtrava quella notte attraverso il palazzo. Le risate spensierate degli allegri danzatori, le promesse sussurrate di giovane amore e l'entusiasmo per l'invito nella cerchia reale, che portava con sé un senso di appartenenza e di potenziale. Coletta aveva continuato a prestare servizio a palazzo anche dopo il loro matrimonio, trascorrendo mesi alla volta con la regina mentre lui combatteva all'estero per San Rimini, per poi scaldargli il letto nella loro casa al villaggio durante i troppo brevi periodi di pace.

Prima della maledizione. Essa li aveva separati da tutto ciò che amavano della vita, tanto a palazzo quanto nel piccolo villaggio.

Nick aveva imparato tempo prima a soffocare il suo bisogno di socializzare, ma udire il proseguimento dei festeggiamenti nella zona principale del palazzo mentre lui passava in rassegna antiche pergamene e registri indeboliva la sua determinazione. Per fortuna, nell'ultima ora la musica si era conclusa e i rumori delle coppie che passeggiavano di fronte alla finestra, condividendo baci e dolci sciocchezze mentre assaporavano l'intimità dei giardini di palazzo, erano finalmente cessati. Nick si voltò verso un altro mucchio di casse, cercando di decidere se continuare a concentrarsi su quella che aveva aperto o affrontarne due in una volta sola e poi riposare.

Impugnò il piede di porco, ma il rumore della porta del magazzino che grattava sul pavimento lo fermò. Controllò l'orologio, che era ancora impostato sul fuso orario di Boston, e fece un rapido calcolo. Chi poteva trovarsi nella fortezza a quell'ora, soprattutto nel magazzino che normalmente era chiuso a chiave? Posato il piede di porco su una cassa vicina, Nick si incamminò verso l'ingresso, girando attorno alla zona centrale ingombra di artefatti, arazzi arrotolati e mobili antichi.

Quando la base delle scale gli apparve nel campo visivo, si immobilizzò.

Isabella diTalora era accanto alla sua scrivania, il corpo leggiadro sottolineato alla perfezione da un luminoso abito argenteo. La donna aveva acceso la luce delle scale strette al suo ingresso e con quella luce ora alle spalle, le sottili ciocche di capelli d'ebano che sfuggivano dalla sua acconciatura elegante davano l'impressione dell'aureola di un angelo.

La donna sembrava scesa dal cielo. Nonostante il freddo nella stanza, il sangue di Nick cominciò a bruciare nelle sue vene. Avvolse le dita attorno all'orlo di un banco da cattedrale vecchio di secoli e pregò per avere forza.

Mai la redenzione gli era parsa così vicina, eppure così lontana. Trasse una boccata d'aria, cercando di soffocare l'ondata di solitudine che lo travolse. Se Rufina avesse potuto vederlo in quel momento, si sarebbe resa conto di quanto era immensa la sua sofferenza.

Sta' zitto e aspetta che se ne vada, disse il suo cervello.

"Sembrerebbe che vi siate divertita," disse la sua boccaccia.

Isabella sobbalzò e si voltò di scatto verso di lui, il movimento fece sì che il suo abito luccicasse nella penombra. La donna si portò immediatamente una mano al seno, sopra il quale pendeva un'inestimabile collana di diamanti. "Nick! Mi hai spaventata a morte!"

"Mi dispiace. Vi avevo avvertita che mi piace lavorare a tutte le ore." Nick si avvicinò, sapendo che avrebbe dovuto tacere, ma dominato dall'attrazione che provava sin dal loro primo incontro. Gesticolò verso l'abito e i diamanti che avvolgevano la gola della principessa. "Venite da una festa?"

"Da una cena di beneficenza."

"Deve essere stata un successo se avete finito solo adesso." Per un attimo, Nick si chiese se la voce della donna fosse stata fra le dozzine che aveva udito provenire dal giardino. Isabella aveva incontrato un amante clandestino sotto il pergolato delle rose? Aveva civettato con una celebrità o un miliardario al chiaro di luna? Per qualche motivo, lui ne dubitava, nonostante il palese sex appeal della donna, la principessa non sembrava il tipo da incontri segreti.

Isabella si appoggiò alla scrivania, le dita che facevano capolino da sotto il vestito a rivelare pantofole in stile mocassino. "È stato un evento di successo," rispose infine, per poi coprirsi la bocca per nascondere uno sbadiglio. "Abbiamo raccolto molto denaro per la Croce Rossa."

No. Decisamente, non c'erano stati tête-à-tête in giardino per la principessa, quella sera.

"Non esagerate con l'entusiasmo, Vostra altezza," la prese in giro.

Era chiaro che la missione di quell'organizzazione era molto importante per lei, ma nel suo sguardo mancava quella scintilla che lui aveva visto quando Isabella aveva parlato del progetto museale della madre. O dei figli di Federico. Se avesse trascorso la serata civettando con un innamorato, lui glielo avrebbe visto sul viso.

Isabella si produsse in una risatina. "Per quanto patinati ed entusiasmanti possono sembrare questi eventi, a volte si mescolano tutti assieme nella mia testa, persino la Croce Rossa. So che il loro operato è importante e che la mia presenza può fare una grande differenza per un gruppo bisognoso di fondi, ma nell'ultimo anno ho innestato il pilota automatico. Mi presento, dico qualcosa di altisonante, stringo tutte le mani giuste e corro dalla mia assistente per prepararmi al prossimo impegno." Le parole le uscirono di bocca accentate, pronunciate nella parlata della maggior parte dei sanriminesi che aveva imparato l'inglese come seconda lingua, in contrasto con l'inglese americano quasi perfetto che lei usava di solito.

Isabella sussultò, quindi si portò un dito alle labbra. "Non riesco a credere di aver appena detto una cosa del genere. Per favore, per favore, dimentica quello che ho detto. Sono esausta."

Nick si accigliò. "Avete dormito da quando siamo tornati?"

La principessa scosse la testa.

"Nemmeno durante il volo? Io ho dormito come un sasso."

La donna spostò il posteriore sulla scrivania. "No, non direi."

"Che diamine ci fate qui?" Nick indicò bruscamente la porta.

"Andate a letto, Vostra Altezza!" Non che lui volesse che lei se ne andasse, ma se mai una persona aveva avuto bisogno di una vacanza, anche solo per qualche ora, quella persona era Isabella diTalora. E poi, Nick doveva smetterla di fissarla con quel vestito addosso e trovava fisicamente impossibile farlo mentre lei era nella stanza.

Un sorrisetto sollevò un angolo della bocca della donna. "E io che pensavo fossimo arrivati a 'principessa.'"

Nick non riuscì a trattenere un sorriso. Isabella poteva anche essere stanca, ma non aveva perso la sua arguzia. "D'accordo. Andate a letto, principessa."

"Lo farò. Ma per rispondere alla tua domanda…" Isabella si mosse sulla scrivania per indicare un lungo foglio arrotolato che Nick non aveva notato. "Ti ho portato la pianta di cui avevi chiesto a Nerina."

"Non si poteva aspettare fino a domani mattina?"

Le spalle della donna, nude con l'eccezione di due sottilissime spalline argentate, si sollevarono leggermente. "Ho un impegno presto. Temevo di non riuscire a venire qui fino al tardo pomeriggio." Isabella sollevò il posteriore ben tornito dalla scrivania e distolse lo sguardo dagli occhi di Nick. Rivolgendo l'attenzione verso la parte posteriore della stanza, chiese: "Hai trovato qualcos'altro di interessante? A parte la spada, intendo."

Sì, tu, pensò lui. Ma quello che disse fu: "Sto ancora cercando di orientarmi."

Isabella raddrizzò le spalle, tornando ad assumere un atteggiamento molto formale. "Beh, in tal caso la pianta dovrebbe aiutarti. È possibile che io non scenda per qualche giorno, per cui, se dovessi aver bisogno di qualcosa, rivolgiti pure a Nerina. Se sarà necessario comunicare delle informazioni alla commissione del museo–"

"Perché lo fate?"

Isabella esitò. "Cosa?"

"Tutto." Nick gesticolò nella direzione della zona principale del palazzo. "Non dormite da chissà quanto, vi fate in quattro per raccogliere fondi per la beneficenza e poi prendete un impegno per un'ora invereconda domani, pur sapendo di aver volato per tutta la notte il giorno prima. Decidete di supervisionare personalmente il mio operato, anche se avreste potuto nominare qualcun altro e semplificarvi di molto la vita. E in aggiunta a tutto questo, sembrate la mamma chioccia ufficiale del palazzo, che vigila su tutti per assicurarsi che siano felici. Perché lo fate?"

La donna lo fissò in silenzio. Per un attimo, Nick pensò che ne sarebbe andata, contrariata dalla sua schietta – e probabilmente irrispettosa – analisi della personalità. Ma poi qualcosa si ammorbidì nello sguardo della principessa. "Lo faccio perché posso. E perché voglio."

La donna scosse lentamente la testa, facendo sì che una sottile ciocca di capelli le ricadesse contro la guancia. "Sai, la maggior parte delle bambine sogna di diventare una principessa. Si mette in costume e finge che sia una vita di feste e valorosi cavalieri che vengono a corteggiarle. La realtà è diversa. Avere un titolo come questo, nel mondo reale, porta con sé grandi responsabilità. La gente fa affidamento su di te. Gente a cui vuoi bene e gente che non conosci. Anche se ti dolgono i piedi e sei talmente stanca da riuscire a malapena a stare in piedi, qualcosa qui dentro," disse toccandosi il petto, "ti spinge a tirare dritto. Perché sai che quello che fai fa la differenza per centinaia, forse persino migliaia di quelle persone. È un privilegio ed è enormemente gratificante."

"Non potete aiutare nessuno se siete così stanca da non riuscire a stare in piedi," osservò lui.

"Se vuoi davvero bene a una persona, non puoi deluderla. Non importa quanto tu sia stanca, non importa quali sacrifici personali potresti dover fare. E io voglio bene alla mia famiglia e al mio Paese con tutto il cuore. Non posso farci nulla." Il volto della donna si illuminò mentre parlava e, ancora una volta, lei gli ricordò un angelo, con lo scintillante abito argentato che scendeva fino al pavimento.

Prima che potesse ripensarci, Nick si protese verso di lei, ravviandole le ciocche di capelli dietro le orecchie. Per una donna che trascorreva tanto tempo a viaggiare per il mondo, incontrando dignitari e mescolandosi con le élite, ella aveva una purezza di spirito che lo sorprendeva. Non aveva esitato a dargli il fatto suo quando aveva visitato il suo ufficio, per cui lui sapeva che aveva una mente penetrante e la capacità di valutare una situazione e adattarsi a essa. In occasione del loro primo incontro, lo aveva decifrato abbastanza bene da convincerlo a venire a San Rimini, nonostante le sue remore iniziali.

Ma intelletto e l'incredibile capacità di comprendere la natura fondamentale delle persone a parte, Isabella continuava a credere di poter cambiare il mondo.

"La vita è breve," disse Nick, la voce ridotta a un sussurro tombale. "Non dimenticate di prendervi del tempo per voi."

Lasciò che le sue dita scorressero lungo la guancia della donna. Lei rimase immobile, gli occhi dolci che gli permettevano di scrutarle l'anima. Nick comprendeva la sua necessità di dare qualcosa agli altri. Lui stesso aveva combattuto dozzine di battaglie e servito senza esitazione re Bernardo per dare una vita migliore a se stesso e a Coletta. Ma rinunciare completamente ai propri desideri e alle proprie necessità personali… Era un'idea che aveva abbandonato molto tempo prima. Anni di sacrifici gli avevano insegnato a caro prezzo che qualunque differenza potesse fare una persona sola era al massimo piccola o fugace.

"Quello che faccio mi rende felice." La voce della principessa suonava come una preghiera, come se le parole di Nick avessero scatenato in lei una battaglia silenziosa. O forse era colpa del suo tocco.

"Ma dare così tanto vi rende anche sola."

L'illuminazione lo colpì mentre pronunciava quelle parole. La principessa più famosa al mondo, la donna che i rotocalchi inseguivano e le riviste di moda lodavano, viveva un'esistenza solitaria. Nick cercò di ricordare quello che la stampa diceva di lei. Aveva mai frequentato qualcuno? Era mai stata colta di sorpresa da un teleobiettivo mentre baciava una persona? Lui ricordava storie riguardo ai fratelli – Antony a cui veniva chiesto di rendere conto per essere uscito con modelle e attrici famose, Marco che faceva bisboccia per l'Europa con i suoi amici, Federico che sposava la ricca ed elegante Lucrezia – ma nulla riguardo a Isabella.

"No," obiettò lei; ma alle orecchie di Nick, le parole suonarono come se lei volesse convincere più se stessa che lui. "Non sono mai sola. Ho una famiglia incredibile. Mio padre e io andiamo meravigliosamente d'accordo e–"

"Ma non è la stessa cosa, vero?"

La domanda rimase in sospeso nell'aria per una frazione di secondo prima che lui vedesse la verità negli occhi della donna. Senza attendere che lei negasse, chinò la testa, sfiorandole le labbra con il bacio più delicato e casto che ricordava di aver mai dato a una donna.

Tuttavia, non ne aveva mai desiderato una così tanto.

Si staccò prima che lei potesse reagire.

"Forse ora dovreste andare a letto, principessa," riuscì a dire. "Il minimo che meritate per il vostro duro lavoro è qualche ora di riposo." Fra l'incidente con la spada di quel pomeriggio e quella conversazione intima, il desiderio di Nick era cresciuto fino a un livello febbrile. Se Isabella fosse rimasta nel magazzino per un momento in più, forse lui non sarebbe riuscito a trattenersi dallo sfilare quelle spalline argentate e mostrarle quanto sola era diventata.

Se voleva concentrarsi sul lavoro e sul trovare Rufina, non poteva permettersi di prendere ciò che il suo corpo bramava o dare a Isabella ciò di cui lei aveva disperatamente bisogno.

Perché fino a quando non avesse trovato Rufina, Nick non poteva concedersi a nessuno. Aveva fatto quella promessa il giorno in cui aveva perso Coletta.

Gli occhi di Isabella si velarono di lacrime per un momento, poi lei abbassò lo sguardo. "Hai ragione. Ho bisogno di dormire."

La donna si allontanò rapidamente dal suo tocco e si voltò verso le scale, sebbene lui percepisse che la sua riluttanza a separarsi era forte quasi quanto la propria.

Il principio di un'altra emicrania si insinuò nella sua testa. Afferrò la boccetta dell'aspirina dalla scrivania e se ne mise due in bocca. Al suono del cassetto della scrivania che si apriva, Isabella si fermò in fondo ai gradini. Per un attimo, non si voltò, passando invece la mano lungo la parete di pietra come se avesse bisogno di raccogliere le idee.

La principessa si guardò alle spalle proprio mentre lui inghiottiva a secco le pillole. La sua espressione era di nuovo formale e la sua voce setosa parlò di nuovo senza accento. "Come ho già detto, nei prossimi giorni avrò da fare. Se hai bisogno di qualcosa, rivolgiti pure a Nerina. Il mio primo incontro con la commissione del museo è fra due settimane, perché sarò all'estero in occasione della riunione della settimana prossima. Mi piacerebbe avere per allora un rapporto dei tuoi progressi da presentare."

"Lo avrete."

In quel momento, Isabella si accigliò nel notare la boccetta di aspirina sulla scrivania. "Ti senti bene, Nick?"

Lui sollevò una spalla, per poi lasciarla ricadere. "Ho subito una lesione alla testa, qualche tempo fa. Ora soffro di emicranie, ogni tanto, ma non è niente di che. Sto bene."

La donna spostò lo sguardo dalla boccetta di aspirina a lui. Senza dire una parola, svanì su per le scale. Nick attese alcuni istanti, quindi la seguì in silenzio. Rimase vicino alla porta, ascoltando le morbide ciabatte di Isabella che si allontanavano lungo il corridoio, prima lentamente, poi più in fretta.

Nick chiuse gli occhi e respirò a fondo diverse volte, cercando di cacciare la donna dalla sua testa dolorante, per poi voltarsi e tornare alle casse.

Solo Rufina poteva salvarlo, ora.

CAPITOLO 5

Isabella sfilò una stilografica Montegrappa dal portapenne sulla sua scrivania, quindi cominciò a passare in rassegna il mucchio di corrispondenza da sbrigare. Aveva già otto inviti da esaminare, più di una dozzina di messaggi di ringraziamento da dettare e lettere personali da parte del cancelliere tedesco e del primo ministro italiano che necessitavano di risposte.

Nerina avrebbe fatto meglio a preparare di nuovo il caffè.

Stando al programma mattutino che Nerina le aveva lasciato sulla scrivania, dopo aver completato la corrispondenza, Isabella aveva una serie di prove per dei vestiti con una rappresentante di Miu Miu, che aveva ottenuto il privilegio di vestirla per il Festival del Cinema di Venezia. Dopo che la rappresentante aveva lasciato il palazzo, Isabella aveva organizzato delle prove private per due abiti di Versace, uno per un ballo di beneficenza per il Fondo Universitario Sanriminese – il progetto personale di suo fratello Anthony – e uno per una cena in onore del chimico sanriminese che di recente aveva vinto il premio Nobel.

Sebbene avere due stilisti di alto livello che la punzecchiavano con le spille e brontolavano di come avrebbero potuto nascondere i difetti del suo fisico non era l'idea di divertimento di Isabella, sfortunatamente si trattava di un requisito professionale.

Alle spalle di Isabella, Nerina batteva sulla tastiera del computer. Nonostante la pendola nel piccolo ufficio di palazzo della principessa avesse battuto le sette e mezza, erano al lavoro già da più di un'ora e Isabella aveva finito la seconda tazza di caffè.

Guardò nuovamente il programma. Nulla, su quell'elenco, l'avrebbe portata vicino alla fortezza. Non poteva evitare per sempre di affrontare Nick Black, ma lo aveva schivato con successo per quasi due settimane. Certo, il viaggio di tre giorni a Berlino per partecipare alla conferenza sulla crisi mondiale dei rifugiati l'aveva aiutata. Ma per il resto del tempo, lei aveva evitato il magazzino e la zona vicino alle stanze di Nick per pura determinazione.

Ciononostante, mentre Isabella apriva un invito a cena su carta goffrata e si rendeva conto che veniva dal dirigente bancario italiano che aveva monopolizzato il suo tempo alla cena di beneficenza per la Croce Rossa, un'immagine di Nick le colmò immediatamente la mente. Isabella riuscì a visualizzare i piani del suo viso, il cupo misticismo dei suoi occhi, il tepore della sua pelle quando le era vicino. E poi c'era il bacio, molto dolce, ma che alludeva palesemente ad altro.

E lei sarebbe stata più che pronta a darglielo, nonostante gli anni trascorsi a evitare le relazioni.

Si può sapere che mi prende? Esaminò di nuovo l'invito. Dozzine di uomini di successo, attraenti, la corteggiavano – uomini come il banchiere italiano – che venivano da buone famiglie, famiglie ricche. Succedeva, quando si aveva al tempo stesso denaro e un titolo.

Lei era riuscita a respingerli abbastanza facilmente. Ma per motivi che non riusciva ad afferrare, Nick catturava il suo interesse come nessun uomo aveva mai fatto. E Isabella ammetteva che l'uomo aveva catturato la sua immaginazione. Quante notti, nelle ultime due settimane, era rimasta sveglia a chiedersi se lui fosse in magazzino? A immaginare cosa sarebbe potuto succedere se fosse scesa di nuovo laggiù?

Inoltre, si era ritrovata a meditare sulle sue parole. L'uomo si sbagliava, naturalmente. Come poteva una persona che non aveva mai un momento per sé essere sola?

"Vostra Altezza, cosa volete fare riguardo al signor Black?"

Isabella sollevò di scatto la testa e si rese conto che aveva smesso di passare in rassegna la corrispondenza mentre sognava a occhi aperti di Nick.

"In che senso?"

"Forse non ci siete ancora arrivata." Nerina gesticolò verso il mucchio di carte sulla scrivania di Isabella. "Il signor Black ha inviato i suoi appunti di ricerca alla sua assistente a Boston, perché lei li trascriva, e le ha chiesto di svolgere alcune ricerche su Internet. Tuttavia, ritiene che potrebbe lavorare con maggiore efficienza se avesse lui stesso accesso a Internet."

Isabella si acciglio. "Non ce l'ha?"

"Non nella fortezza, Vostra Altezza. È costretto a fare avanti e indietro dal luogo di stoccaggio dei pezzi a dove c'è campo. Ha chiesto se fosse possibile attrezzare il magazzino in tal senso. Io gli ho detto che non sapevo se la fortezza disponesse di un collegamento adeguato."

"No," ammise Isabella. Non ci aveva pensato quando aveva lasciato Nick la prima sera. "Il personale della manutenzione si lamenta che, laggiù, la corrente è soggetta a frequenti sbalzi. Dubito che possa sostenere due asciugacapelli accesi contemporaneamente, figuriamoci una connessione Internet stabile."

"È quello che ho detto al signor Black, ma mi sono offerta di approfondire."

"E?"

"Quelli della manutenzione mi hanno spiegato che dovremmo convocare un elettricista esterno per aggiornare l'impianto elettrico, cosa che di per sé sarebbe abbastanza semplice; ma ci sarà bisogno del permesso di re Eduardo e dell'autorizzazione del Consiglio Storico Sanriminese, dato che la fortezza ricade nell'ambito delle leggi per la tutela degli edifici storici."

"Il re non sarà un problema." Il Consiglio sarebbe stata un'altra faccenda e lo sapevano entrambe. Negli anni Sessanta c'era stata una lotta durata cinque anni prima che potessero rinnovare le stanze per gli ospiti. Nonché un dibattito di sei mesi per installare il sistema di ventilazione quando sua madre aveva fatto riordinare il magazzino.

"Ho offerto al signor Black l'utilizzo completo e privo di restrizioni del computer e dei materiali di ricerca della biblioteca. Lui ha espresso gratitudine, ma ha aggiunto che resta il problema della distanza, dato che preferisce non trasportare avanti e indietro oggetti di valore storico. Ha chiesto di rivolgermi a voi, aggiungendo che voi avreste capito il suo desiderio di proteggere i pezzi oltre che la sua necessità di riservatezza."

"Grazie, Nerina. Ci penserò io." Una volta trovata la forza di volontà per rivedere Nick. Magari, nel tempo che era trascorso dal loro incontro a tarda notte, l'uomo si era dimenticato di ciò che era accaduto fra loro.

D'altra parte, era probabile che l'esperienza non gli avesse fatto lo stesso effetto.

Isabella tornò alla corrispondenza, ma si fermò quando Nerina aggiunse: "A proposito del signor Black, il vostro incontro con la commissione per le collezioni del museo è previsto per domani pomeriggio alle tre. Il direttore ha ottenuto la presenza dell'architetto capo, in modo che voi possiate dargli il vostro parere sui progetti definitivi per l'allargamento. Inoltre, il direttore si aspetta un aggiornamento sui progressi del signor Black. Quando ho parlato del computer con il signor Black, gli ho ricordato dell'incontro."

E meno male che lei avrebbe voluto posticipare il ritorno al magazzino. Ora sarebbe stata costretta a parlare con Nick. Resistendo all'impulso di sospirare rumorosamente, chiese: "Ho del tempo nell'agenda di oggi pomeriggio per parlare con lui? Non riesco proprio a ricordare cosa ho da fare questa sera."

Nerina prese un foglio di carta dal vassoio della stampante e glielo porse. "Ecco l'agenda di oggi pomeriggio. Ho lasciato tutto il tempo dalle tre e mezza in poi completamente libero, Vostra Altezza."

La stilografica cadde dalla mano di Isabella mentre lei consultava il foglio. "Sta scherzando."

"No." L'onnipresente espressione professionale della sua assistente cedette il passo a un ampio sorriso. "Una volta finito con il signor Black, Vostra Altezza, posso suggerirvi di riposare? Farò in modo che nessuno vi disturbi. Ma se preferite, posso organizzare una cena o qualunque altra attività desideriate. Consideratelo un regalo di compleanno."

"Non è..." Lo sguardo di Isabella cadde sul piccolo calendario nell'angolo della scrivania di ciliegio con intarsi in ebano. Come previsto, si era dimenticata del suo compleanno.

"*Sì*.[1] Lo è."

Isabella si alzò, si spinse via dalla scrivania e abbracciò Nerina. "*Lei è una santa*[2], Nerina."

Nerina arrossì per l'orgoglio. "Non direi. Temo che domani sarà una giornata impegnativa."

"Non importa. *Grazie*.[3] Seguirò il suo consiglio e mi riposerò. L'ultima cosa di cui ho bisogno è che lei organizzi un'attività."

"Capisco, Vostra Altezza."

Col cuore più leggero, Isabella tornò a sedersi per attaccare il resto della corrispondenza. Purché sopravvivesse all'incontro con Nick, si sarebbe goduta la serata migliore da molto, molto tempo. E l'avrebbe trascorsa felicemente sola.

NICK SI MASSAGGIÒ LA NUCA, cercando di scrollarsi di dosso l'emicrania persistente, per poi riportare l'attenzione al manoscritto di settecento anni rilegato in pelle di vitello che aveva di fronte. Una collezione di sermoni medievali, scritti in latino e con miniature splendide e ben conservate, sarebbe stato una meravigliosa aggiunta alla collezione del museo di San Rimini. Nick passò il dito della mano guantata lungo il bordo, chiedendosi se un tempo avesse conosciuto il monaco che aveva profuso il suo lavoro in quell'opera. Negli anni trascorsi al monastero, aveva copiato quattro volumi. Sfortunatamente, quel laborioso compito non lo aveva aiutato a infrangere la maledizione.

Quando Rufina gli aveva detto che solo il sacrificio avrebbe rotto la maledizione, evidentemente non intendeva il sacrificio della sua vita alla Chiesa. Nick aveva impiegato quasi quindici anni a rendersene conto.

Premette il pulsante rosso sul registratore e descrisse l'età del volume, le sue condizioni e il suo valore storico, quindi vi assegnò un numero che appuntò anche in un taccuino. L'indomani, avrebbe inviato la registrazione a Anne perché la trascrivesse.

Osservò la lunga fila di codici elencati nel taccuino. La principessa Isabella sarebbe stata compiaciuta dai suoi progressi. Se i documenti nel resto delle casse si fossero rivelati promettenti come il primo lotto, il Museo Reale di San Rimini avrebbe avuto materiale in abbondanza da includere nel suo allargamento e lui non aveva nemmeno cominciato a catalogare gli artefatti che affollavano gli armadietti. Gli arazzi e i dipinti, da soli, avrebbero richiesto settimane di lavoro.

Nick allontanò il taccuino e allungò le gambe sotto la scrivania. Per quanto riguardava la sua missione, non aveva fatto il minimo progresso. La maggior parte delle pergamene e dei testi che aveva trovato nelle casse del magazzino erano di natura spirituale, come si era aspettato. Nel medioevo, gli amanuensi erano formati per immortalare su carta preghiere, sermoni, cori e altre opere religiose. I libri erano costosi da produrre e considerati opere d'arte, per cui solo i testi religiosi o accademici erano considerati degni di essere tramandati ai posteri. E tuttavia, Nick aveva trovato anche qualche testo di riferimento, nonché diverse pergamene che descrivevano eventi importanti nei villaggi di San Rimini. Con un po' di fortuna, avrebbe trovato un trattato sconosciuto sulla stregoneria o una cronaca dei processi alle streghe.

Due telefonate a Boston negli ultimi giorni avevano confermato le sue paure: i testi che aveva lasciato a Roger perché li analizzasse non facevano altro che riproporre materiale che Nick aveva già reperito in dozzine di altri libri e documenti sulla stregoneria medievale, senza alcun riferimento a sospette streghe che corrispondessero alla descrizione di Rufina.

Nick si alzò della scrivania e portò i libri che aveva studiato nel primo pomeriggio fino a una cassa di materiali già valutati, quindi infilò le mani in una casa vicina ed estrasse con cautela altri tre libri medievali dal valore inestimabile. Quella sera, magari, avrebbe cominciato con uno degli armadietti, ispezionando gli artefatti tanto per cambiare la routine. E per non pensare a Isabella.

Il problema del passare al setaccio un testo dopo l'altro era che la mente tendeva a distrarsi e i suoi pensieri non erano mai lontani da una certa principessa. Ogni volta che sedeva alla sua scrivania, immaginava il sorriso intrigante di lei, la sua pelle liscia, i suoi profondissimi occhi d'ambra. Parte di lui rimpiangeva di non aver fatto di più che darle quel semplice bacio e aver portato le cose al livello successivo – o almeno fino a quando lei lo avrebbe permesso. Ma la parte più importante di lui sapeva di aver oltrepassato un confine nel momento in cui le aveva accarezzato la guancia. La consapevolezza di non essere riuscito a trattenersi dal toccarla lo ossessionava.

Dopo aver posato gli antichi volumi sul piano della scrivania, si tolse i guanti di cotone, li infilò nella tasca della giacca e attraversò la stanza fino alla teca che la pianta di Isabella indicava contenere oggetti risalenti a un periodo che variava da un'epoca fra il 1100 e il 1250, l'anno precedente alla nascita di Nick, fino a dopo la Terza e la Quarta Crociata. Lasciò che il suo sguardo vagasse sull'interno della teca e riconobbe all'istante un liso arazzo srotolato a metà. Dono di Filippo Augusto di Francia, veniva messo in mostra nella sala del trono di re Bernardo ogni volta che dei dignitari francesi venivano in visita – per poi essere rimosso quando Riccardo I e i suoi seguaci venivano a trovare il sovrano. Nick non riuscì a non sorridere al ricordo, nonostante l'arazzo sembrasse ormai irreparabile.

Sebbene le corrette tecniche di indagine gli imponessero di passare per prima cosa in rassegna le casse con i documenti, per i suoi scopi lui avrebbe dovuto probabilmente cominciare da lì. Uno scrigno vicino allo sportello della teca si aprì al tocco di un dito per rivelare boccali e pentole ammaccati dalle cucine. Dietro lo scrigno, un candelabro crepato in ferro battuto era posato sopra una cassapanca intaccata dal marciume. Degli attrezzi da fabbro ingombravano un angolo, mentre un quadro danneggiato dal fumo era posato in un altro. Si capiva perché quegli oggetti fossero finiti dimenticati sotto la parte più antica del palazzo per tanti secoli. La maggior parte di essi era irrecuperabile. Ma gli storici del museo, probabilmente, avrebbero voluto studiarli. Nick passò in rassegna i contenuti dell'armadietto, studiandoli, fino a individuare una scatola progettata per contenere documenti. Sollevò il coperchio, quindi si rimise i guanti di cotone prima di scegliere una fragile pergamena dalla sommità. La srotolò con cura, aspettandosi di trovare una preghiera o magari un inventario dell'armeria, ma invece un duro groppo gli si formò nella gola nel leggere un elenco di nomi e notazioni scritti in italiano, anziché nel latino degli studiosi. Il nome di ciascun uomo gli fece comparire nella mente un volto familiare, ma defunto da tempo. Erano tutti cavalieri promessi a Riccardo Cuor di Leone per la Terza Crociata. Cavalieri i cui nomi erano elencati nel comunicato che era stato affidato a Nick perché lo portasse a Riccardo mentre questi svernava con le sue truppe in Sicilia nel 1190.

E poi vide il nome che lo raggelò.

Domenico di Bollazio, primo figlio di Rizardo. Ventisette.[4] Domenico di Bollazio, figlio maggiore di Rizardo. Di ventisette anni.

Gli tremarono le mani; sudore gelido coprì la sua pelle. Chiuse gli occhi fino a riprendere il controllo delle sue emozioni, quindi scrutò lentamente il resto della lunga pergamena. Il nome di Bernardo, scritto nella grafia peculiare del re, era scribacchiato in fondo accanto al sigillo.

Sì. Nick avrebbe dovuto decisamente cominciare da quell'armadietto.

"Chiedo scusa, Nick."

Lui si voltò nello spazio stretto, lasciando quasi cadere la pergamena essiccata al suono della voce di Isabella. "Principessa."

Era bella come la sera in cui era entrata nel magazzino con il suo evanescente abito color argento nella luce soffusa delle scale. Quel giorno, tuttavia, aveva un aspetto più terreno, con un tailleur con pantaloni beige, una morbida camicetta azzurro cielo e un trucco leggerissimo. Eleganti orecchini di diamanti le scintillavano alle orecchie e i capelli scuri le ricadevano oltre le spalle in lunghi riccioli sciolti.

Nick si rese conto che non l'aveva mai vista di persona con i capelli sciolti, e grazie a Dio. Non sarebbe riuscito a trattenersi qualche settimana prima se avesse avuto modo di passare le mani fra quei capelli. Si chiese se i riccioli gli avrebbero dato la stessa sensazione di seta sotto le dita.

"Non volevo disturbarti." La principessa lanciò un'occhiata nell'armadietto, osservando gli artefatti polverosi che lo ingombravano. "Nerina mi ha detto che volevi vedermi per parlare di un computer."

Ricomponendosi, Nick posò con cautela la pergamena nella scatola dove l'aveva trovata e si tolse i guanti. Per quanto fosse importante una scoperta del genere per il museo e per gli storici medievali in generale, era molto più importante per lui personalmente. Per il momento, l'avrebbe tenuta per sé.

"Sì." Cercò di concentrarsi sulla principessa. "Beh, più che un computer, una presa e un accesso a Internet. La batteria del mio portatile ha una durata limitata. Sto dettando i miei appunti e li mando a Anne per conservare energia, e va bene, ma non mi piace doverle chiedere di fare ricerche, soprattutto quando preferirei farlo io stesso. È scomodo dover uscire dalla fortezza per collegarmi alla rete del palazzo."

Nick gesticolò verso la scatola aperta. "E poi, mi piacerebbe poter scansionare alcune delle pergamene che ho scoperto. Il curatore della mia collezione, Roger Farris, ha un contatto presso l'Università del Kentucky che si occupa di digitalizzare documenti medievali. Con il vostro permesso, vorrei chiedere a quel professore di dare un'occhiata a questi documenti e vedere se sarebbe possibile copiarli per studiarli più approfonditamente prima che vengano consegnati al museo."

Isabella annuì. Finalmente, aveva capito la portata del problema. Nick aveva fatto i conti con quelle inconvenienze per due settimane e cominciava a sentirne il peso.

La donna guardò attorno, come se potesse evocare dal nulla ciò di cui lui aveva bisogno. "Posso procurarti qualunque scanner di cui tu abbia bisogno e dei caricabatterie portatili. Dovrebbero essere d'aiuto. L'accesso a Internet è un'altra faccenda. Le leggi per la conservazione degli edifici storici impediscono che nella fortezza vengano installati sistemi elettronici che vadano oltre le luci e il sistema antincendio. Dovrei giustificare al Consiglio Storico Sanriminese la necessità di una deroga. Per prendere una decisione, loro faranno delle domande su di te e sul tuo modo di lavorare. Sono certa che capirebbero una volta spiegate le tue necessità – anzi, probabilmente fareb-

bero i salti di gioia nel sapere che i pezzi stanno venendo finalmente catalogati – ma ci vorrà del tempo per ottenere
l'approvazione e immagino che tu non voglia che quella gente
giri da queste parti per fare le sue valutazioni."

Ora *lui* cominciava a capire l'estensione del problema. "Non
sarebbe il massimo."

La principessa appoggiò una spalla allo sportello dell'armadietto e lo osservò per un istante. "Un conto è tenere a bada la
commissione del museo, un altro il Consiglio Storico. Parlerò
con qualcuno nel nostro dipartimento informatico e verificherò
se c'è la possibilità di fare arrivare un segnale fin qui. Ma anche
per quello potrebbe volerci tempo e non so quanto sarà
affidabile."

Nick raccolse un codolo di spada rotto che era stato abbandonato su un vicino scaffale e lo strinse per evitare che le sue
dita nervose lo tradissero. Aveva sospettato, quando Isabella gli
aveva offerto il lavoro, che sarebbe giunto quel momento, nel
quale lui avrebbe dovuto mettere a rischio la sua riservatezza
per portare avanti le sue ricerche, nonostante lei gli avesse assicurato il contrario. E tuttavia, Isabella aveva già fatto più di
quanto lui si fosse aspettato per garantire la sua solitudine. "Lo
apprezzo. Nel frattempo, cercherò di sfruttare al meglio la
biblioteca di palazzo."

"So che questo non risolve il problema di voler avere un
determinato pezzo di fronte mentre sei on-line o il problema
della riservatezza, considerato che anche altri membri del
personale hanno bisogno della biblioteca. Tuttavia, mi assicurerò che rimanga aperta anche di notte, in modo che tu vi abbia
accesso dopo che tutti gli altri se ne saranno andati."

"Grazie."

Isabella lo stupì sollevando un indice. "C'è un'altra possibilità. Potrei far venire qui la tua assistente."

Nick posò il codolo accanto alla scatola con i documenti. A
Boston, in generale, Anne lavorava nel proprio ufficio e lui nel

suo, con la porta chiusa. La donna non monitorava i suoi movimenti o i dettagli delle sue ricerche. Andava a casa puntualmente alle cinque tutti i pomeriggi e non gli poneva mai domande che riguardassero la sua vita privata. Vivendo e lavorando fra le mura della fortezza, presto si sarebbe resa conto che lui era alla ricerca di qualcosa di specifico. D'altra parte, la presenza di Anne avrebbe fatto da cuscinetto fra lui e il personale durante il giorno. E ora, nella scatola portadocumenti alla sua sinistra, Nick aveva finalmente trovato una traccia della propria esistenza. Se poteva trovare il suo nome, poteva trovare anche Rufina, che all'epoca era stata molto nota. Da quel momento in poi, la riservatezza avrebbe potuto non avere più importanza.

"È un'offerta molto generosa."

"Ne vale la pena, soprattutto se renderà più probabile che tu concluda la valutazione e la catalogazione degli artefatti in tempo per l'espansione."

Lui le rivolse un sorriso di gratitudine. "Ci penserò e ve lo farò sapere."

"Ottimo." La principessa si raddrizzò e il suo sguardo scivolò alle spalle di Nick, fino al mucchio di mobili e arazzi arrotolati che ingombrava il fondo dell'armadietto. "Sono venuta anche per un'altra ragione. Come Nerina ti avrà sicuramente già detto, domani ho un incontro con la commissione per le collezioni del museo. Loro si aspetteranno un rapporto sui tuoi progressi."

"Ho già riassunto i miei appunti. Posso farvi avere un rapporto in serata."

"Dovrei avere tempo in abbondanza per consultarlo. Grazie." La voce della donna era cortese e distante, come se l'intimità dell'ultimo momento che avevano condiviso nel magazzino avesse abbandonato completamente la sua memoria. Ma poi lei spostò il peso del corpo da un piede all'altro e lui capì che la loro vicinanza in quella stanza isolata le faceva effetto, anche se lei non voleva darne mostra.

Si chiese se pensasse al loro bacio spesso quanto lo faceva lui. Nick sapeva perché si era trattenuto dal baciarla, ma cosa aveva trattenuto *lei*? Perché non riteneva di potersi godere un po' di conforto fra le braccia di un uomo?

"Hai bisogno di altro?" chiese la principessa, facendo un passo indietro.

La risposta che gli venne in mente fu "Di te," ma Nick imitò il tono formale della donna e disse: "Non credo. Nerina si è impegnata molto per assicurarsi che fossi a mio agio."

"Ottimo," rispose lei; ma ancora una volta, il suo sguardo guizzò alle spalle di Nick.

"Che cosa ha attirato la tua attenzione?" Nick si voltò, incuriosito.

"Oh, non è niente. Pensavo che mia madre avesse fatto riporre tutti i libri nelle casse. Ma vedo che uno è rimasto fuori."

Quando lui non la notò subito, Isabella si infilò nell'armadietto, così vicina che lui sentì l'odore del suo profumo raffinato. Allungatasi, prese un libro da un'affusolata sedia di legno. "Posso metterlo assieme agli altri, se vuoi."

"Grazie." Nick diede una rapida occhiata al libro. A occhio e croce, non era dell'epoca corretta per quell'armadietto. Doveva risalire al tardo Quattrocento.

La principessa passò le mani sulle tavole di legno coperte di pelle di suino, ammirando il disegno consumato di una foglia di cardo sulla copertina. "È bellissimo, vero?" La voce le uscì di bocca in un sussurro e lui capì dalla sua espressione quanto l'entusiasmava quella scoperta. Ora non dubitava che lei avesse studiato storia dell'arte ad Harvard: il suo apprezzamento era palese nell'amore con cui reggeva il libro. Nonostante la sua mente lo ammonisse a non avvicinarsi di più, a non correre il rischio di toccarla di nuovo, Nick si sporse sopra la spalla della donna per guardare meglio.

"È sigillato," disse la principessa, indicando un cardine annerito che copriva il risguardo del libro. "Che si tratti di un diario? E quell'anello metallico sulla sommità... a cosa serviva?"

"Dubito che si tratti di un diario." Nick piegò la testa verso il volume. "Posso?"

Lei gli tese il libro e lui lo prese, resistendo all'impulso di accarezzarle le dita. Dopo aver trafficato con la chiusura per qualche istante, trovò il meccanismo di apertura.

"Voilà!" Le pagine scricchiolavano nonostante la cura che Nick prestò ad aprire il libro. Restituì il volume alla donna. "Ecco, Vostra Altezza."

"Isabella."

"*Principessa*." Nick sorrise, quindi sollevò la mano. "Restate immobile per un momento."

Nell'entusiasmo del momento, se n'era quasi dimenticato. Le passò accanto per recuperare un secondo paio di guanti di cotone dalla scrivania, indossando già che c'era anche i suoi. Resse il libro quanto bastava perché la donna indossasse il paio che lui le aveva offerto.

"I libri erano molto preziosi nel medioevo," disse. "Le copertine venivano chiuse a chiave per proteggere le pagine dagli elementi e l'anello in cima, in origine, era attaccato a una catena."

"Ricordo di averne letto," disse meravigliata la principessa mentre apriva il volume. "Non incatenavano i libri alle scrivanie per evitare che venissero rubati da biblioteche e monasteri? Usavano questo anello per farlo?"

"Dovevate essere un'ottima studentessa."

"Per forza. Riuscite a immaginare quello che avrebbero detto i tabloid se fossi stata bocciata a un esame?"

"*La principessa esplosiva è scoppiata?*"

"Che ridere."

La donna osservò le pagine, quindi esclamò: "È in latino. È un libro di favole!"

"Favole?"

"Dal punto di vista di uno studioso, credo." La donna indicò una serie di parole vicino alla sommità della pagina aperta. "Guardate qui. Si parla di come le favole cambino di villaggio in villaggio, ma la morale sia sempre la stessa."

Nick la guardò sbalordito. "Sapete leggere il latino?" Scosse la testa. "Ma sì, certo."

"Sono molto arrugginita," ammise lei. "Ma credo che questa sia una descrizione di *Riccioli d'oro e i tre orsi*. Vedi? Questa parola significa 'ragazza' e credo che qui si parli della 'casa di un orso.' Che ne pensi?"

Nick riprese in mano il libro, badando a non lacerare la fragile carta. "Avete ragione."

Voltò alcune pagine, poi scoppiò a ridere. "Ma tu guarda. *La volpe e l'uva*. È una versione diversa da quella che mi hanno raccontato da piccolo, ma è fondamentalmente la stessa."

"È una scoperta meritevole?"

La principessa voltò il corpo quanto bastava per guardarlo e ancora una volta lui rimase colpito dall'entusiasmo nel suo sguardo. Non avrebbe mai sospettato che la principessa Isabella tanto amata dai tabloid avesse il cuore di un'accademica.

"Certo. Ecco." Nick le prese le mani e mise il libro fra i palmi. "So che probabilmente dovrebbe essere analizzato da un esperto di letteratura, ma credo che dovreste prenderlo per voi."

"Io?"

"Il libro è rimasto abbandonato in questo magazzino per secoli e nessuno ne ha sentito la mancanza. Se ve lo teneste, nessuno se ne accorgerebbe."

Isabella si rigirò il libro fra le mani. "Non potrei mai. Appartiene alla gente di San Rimini, al suo museo. È quello che avrebbe voluto mia madre."

"Vostra madre avrebbe voluto che voi riceveste un dono per il vostro compleanno."

Nick si era ripromesso che non ne avrebbe parlato, che non avrebbe fatto nulla di straordinario se avesse incrociato Isabella quel giorno. L'ultima cosa che voleva era farle capire che provava dei sentimenti per lei, anche se, naturalmente, dopo due settimane trascorse a pensare costantemente a lei, sapeva che era così. Quale uomo degno di tale nome non lo avrebbe fatto?

Ma la vista della reazione della donna al libro gli aveva fatto venire voglia di darglielo e al diavolo i buoni propositi. Lei non meritava forse un po' di felicità? Qualcosina per sé?

"Te lo ha detto Nerina," lo accusò lei.

"Può darsi. Ma il vostro compleanno non è esattamente un segreto di Stato."

"Dovrò fare quattro chiacchiere con lei."

"Non che io voglia difendere Nerina" – Nick inarcò un sopracciglio – "perché quella donna non mi è parsa interessarsi molto alle mie necessità informatiche. Ma qualcuno deve pur dire qualcosa. Vostro padre e il principe Anthony hanno grandi serate tutti gli anni per i loro compleanni. Eppure, scommetto che voi non avete in programma nemmeno una torta e un gelato."

"Magari non amo le feste di compleanno."

"Magari non volete che nessuno si disturbi a organizzarne una per voi."

La donna fece un passo indietro, cosa difficile in quell'armadietto affollato. "Non sono la santa generosa che tu credi io sia. Per tua informazione, questa sera non farò assolutamente nulla per nessuno. Niente apparizioni, niente cene di Stato, nulla. Mi concederò una serata libera."

Nick ridacchiò. "E cosa farete, ve ne starete seduta alla scrivania a rispondere alla posta? Studierete il vostro libro sul cinema indipendente? Oppure" – Nick gesticolò a indicare il magazzino – "leggerete il mio rapporto per l'incontro di domani con la commissione? Questa non è una serata libera. Che ne direste di una serata fuori? Non volete una festa?"

"Partecipo a molte feste."

"Ma non per voi. Non per divertirvi."

La principessa sollevò entrambe le mani, i palmi rivolti verso l'alto. "Basta. Sono felicissima di non avere una festa. È l'ultima cosa che voglio e di cui ho bisogno."

"Che ne direste allora di una cena per due?"

Non appena le parole gli uscirono di bocca, il petto di Nick si contrasse per l'allarme. Non poteva fare una passeggiata in città con la principessa. La sua foto sarebbe apparsa su tutti i media del mondo occidentale nel giro di ventiquattr'ore. E poi, se era stato tentato di baciarla dopo un breve incontro in un magazzino polveroso, cosa sarebbe successo davanti a un piatto di pasta e a una caraffa di Pinot noir?

Non che Isabella avesse accettato la sua offerta.

"Mi sta chiedendo di uscire, signor Black?" L'espressione della donna era sconvolta, ma solo per un momento prima che ella ritrovasse la consueta compostezza.

"Mi chiamo Nick. Ricordate, principessa?" scherzò lui, nella speranza di alleggerire l'atmosfera. "E credo di sì." Pur sapendo che si trattava di una mossa stupida, non poteva tirarsi indietro. Che razza di cretino cancellava un invito a cena, soprattutto a una principessa? "Non volete il libro. Meritate qualcosa di carino per il vostro compleanno."

"Non sono sicura che sarebbe saggio. In fondo, sei a libro paga del palazzo. E poi, non ricordo l'ultima volta in cui sono uscita con una persona a titolo privato. Non per un evento formale."

Nick si costrinse a non mostrare sollievo. La mancanza di interazioni femminili – a meno di non considerare tale Anne, cosa che lui non faceva – lo aveva spinto a correre un rischio. Ora che il pericolo dell'appuntamento era passato, tuttavia, la sua curiosità ebbe il sopravvento.

"Mandatemi pure a quel paese, principessa, ma perché non lo avete mai fatto? Non ci sono uomini disponibili a San Rimini?"

La donna si morse il labbro inferiore, senza riuscire a nascondere un sorriso. "No, ce ne sono in abbondanza. Tutti gli amici di Marco, a dire il vero. E anche qualche amico di Antony e di Federico."

"E allora?"

La principessa levò gli occhi al cielo, una reazione assai poco regale che lui trovò divertente. "Sono l'unica donna della famiglia. Questo cambia le cose per me. Ad esempio, quando i media hanno raccontato degli interessi romantici dei miei fratelli, hanno parlato perlopiù delle donne da loro frequentate, dei luoghi da loro visitati, cose così. Ma quando si tratta della mia vita privata, sanno essere crudeli. Insinuano che dovrei mantenere standard più elevati. Essere più discreta." Isabella esalò un respiro carico di frustrazione e Nick intuì della sofferenza nella sua espressione. "Mia madre mi aveva avvertito che buona parte della popolazione mantiene un punto di vista tradizionalista, soprattutto quando si tratta delle donne, ma io non le ho dato retta. Quale ragazza adolescente lo fa? E invece, ho scoperto che aveva ragione."

Prima di riuscire a trattenersi, Nick le mise una mano sulla spalla. Persino attraverso il tessuto della giacca sentiva la curva delicata della clavicola di lei, che accarezzò con il pollice. "È stato così brutto?"

"Non dovrei parlarne con te." Isabella esitò e Nick pensò che gli avrebbe chiesto di togliere la mano, oppure avrebbe trovato una scusa per allontanarsi. Invece, la donna incrociò il suo sguardo con gratitudine.

"Ho avuto il mio primo appuntamento non accompagnata durante il primo anno ad Harvard. Con uno studente più anziano che avevo conosciuto in un gruppo di studio e con cui avevo fatto amicizia. Un solo appuntamento, cena e un film a Cambridge. Nemmeno un bacio della buona notte. Beh, non un bacio vero, se capisci cosa intendo."

Nick si costrinse a non ridere alla vista del rossore intenso che si diffuse sulle guance di Isabella. "Capisco cosa intendete. Che cosa è successo?"

"Per una settimana, i giornalisti dei tabloid inseguirono quello studente per tutto il campus. Misero sotto torchio i suoi amici e chiamarono i suoi genitori, cercando di estrarre qualunque informazione potessero usare per un articolo. Per puro caso, una persona che viveva sullo stesso pianerottolo fu sorpresa a vendere droga quella settimana. I giornali insinuarono che, siccome vivevano sullo stesso pianerottolo, doveva esserci qualcosa sotto."

"È terribile. È molto ingiusto." Nick continuò a massaggiarle la spalla. Sapeva che non avrebbe dovuto, ma gli sembrava la cosa giusta.

"Sì," confermò lei, sebbene la sua voce non contenesse alcun rammarico, solo una comprensione derivata dal tempo e dalla maturità. "Chiunque avesse buonsenso capì subito che non era così, ma fu comunque spaventoso. Da quel momento in poi, lui non ebbe più alcun interesse a frequentarmi e io non posso biasimarlo. Sperava di diventare avvocato e temeva che lo scandalo glielo avrebbe impedito. Dopo quel fatto, nemmeno io ebbi più interesse a frequentare persone. Considerato ciò che i tabloid avrebbero potuto rivangare, è stato più facile non frequentare nessuno."

"Nessuno? Non vi manca?" chiese lui. A lui mancava di sicuro. Non riusciva a immaginare che una persona con la compassione e la capacità di amare di Isabella potesse arrendersi volontariamente allo stesso inferno in terra che affrontava lui. Non c'era da stupirsi che si fosse emozionata mentre partivano da Boston. Quella città conteneva molti ricordi per lei.

La principessa scosse la testa, ma lui capì, dalla sua espressione, che non era vero. "Sono così impegnata che non ho tempo per sentirne la mancanza. In fondo, non è che non trascorra del tempo con degli uomini in occasione di eventi di palazzo o per lavoro. In un certo senso, frequento delle persone.

Solo in maniera diversa." Sollevò un dito in un cenno di avvertimento e un sorriso le curvò le labbra, alleggerendo all'istante l'atmosfera. "Per cui, non accusarmi mai più di essere sola."

"A me sembrate sola. Ma se mi ordinate di non discutere, non lo farò." Nick detestava vederla perdersi quella che avrebbe potuto essere una vita fantastica, colma di tutto l'amore che meritava.

"Facciamo così," disse ridendo la principessa. "Se riuscirai a trovare un modo per tenere a bada i giornalisti, io accetterò la tua offerta. Non ho nulla in programma per questa sera e non riesco a immaginare nulla di più piacevole che darti torto."

Era il turno di Nick di essere sconvolto. La sua mano si immobilizzò sulla spalla di Isabella. "Volete uscire a cena con me?"

"Sì. Se va bene per questa sera. Come hai detto, me lo merito."

Gli occhi della donna contenevano una scintilla avventurosa a cui lui non era in grado di resistere. "D'accordo, principessa, se è quello che volete, lo avrete. Ecco cosa faremo."

CAPITOLO 6

"È questo il vostro outfit più sportivo?"

Isabella si tirò l'orlo del maglione lilla dalle maniche corte, che portava sopra un paio di pantaloni a pinocchietto e un paio di scarpe basse che aveva estratto dal fondo dell'armadio. "È quello che indosso quando andiamo nella nostra casa per le vacanze in Provenza. E solo quando è garantita l'assenza dei media. Temo che sia tutto quello che ho."

Nick aveva promesso di aiutarla a travestirsi e, una volta che lei aveva accettato il suo invito a cena, l'aveva rimandata nel suo appartamento con l'ordine di legarsi i capelli a coda di cavallo – cosa che lei non faceva mai – e di vestirsi nella maniera più scialba possibile prima di andare a cena.

"Niente jeans strappati? Nessuna felpone?" scherzò lui. "No, certo che no. Almeno ce lo avete un paio di occhiali da sole?"

"Di sera? Darebbe un po' nell'occhio, no?"

Nick lanciò un'occhiata alla finestrella sopra la scrivania. "Giusto. Trascorro tanto di quel tempo qua sotto che mi sono dimenticato l'ora." La osservò per un momento, la fronte aggrottata pensierosamente. "Per spuntarla, dovrete vestirvi in maniera tale che, anche se qualcuno dovesse pensare che somigliate alla principessa Isabella, darà automaticamente per scontato che non possiate essere lei."

"Fidati, nessuno crederà che questa sia io." O almeno, lei ci sperava.

Nick scosse la testa. "Magari degli occhiali da lettura? Qualcosa con cui non vi abbiano mai fotografata?"

Era l'ultima cosa che lei voleva che Nick le vedesse addosso. Non che avrebbe dovuto avere importanza. "Ne ho un paio nella borsetta, ma sono orripilanti."

"Indossateli, principessa. Più orripilanti sono, meglio è."

Isabella sorrise fra sé mentre estraeva l'astuccio di cuoio. Cosa c'era in Nick Black che faceva spiccare un balzo al suo cuore? Di certo nessuno le parlava come faceva lui. Era come se conoscesse cento principesse e parlasse con loro tutti i giorni. Era formale a sufficienza da risultare rispettoso, ma abbastanza rilassato da farla sentire come un normale essere umano, una persona che poteva starsene tranquilla al ristorante con altri ventenni e trentenni, magari anche stravaccarsi sulla sedia e bere una birra senza sollevare sopracciglii.

D'accordo, lei non si stravaccava e preferiva il vino o i cocktail alla birra. Ma stare in mezzo ad altre persone della sua età, senza doversi preoccupare di arrivare in ritardo a un appuntamento o essere interrogata da giornalisti che analizzavano ogni sua parola, sembrava divino. Con Nick, le sembrava possibile.

"Non sono orripilanti," disse l'uomo una volta che lei ebbe inforcato gli occhiali dalla montatura nera. La squadrò, valutando il travestimento. La sua osservazione le mandò un brivido di entusiasmo lungo la schiena. Uscire con Nick era un rischio enorme, sapendo quanto lei lo trovava attraente. Ma era il suo compleanno. Se mai aveva meritato di concedersi una piccola fantasia, una piccola avventura, era quel giorno. Con un po' di fortuna, nessuno lo avrebbe mai saputo. Se i media l'avessero scoperta, il palazzo avrebbe dichiarato che stava discutendo con un ricercatore per un futuro progetto del museo. Di certo, ciò era abbastanza noioso da non richiedere approfondimenti.

"Beh, io mi sento orripilante," disse mentre rimetteva l'astuccio ora vuoto nella borsetta. "Nessuno dei ristoranti che frequento mi farebbe entrare vestita così."

"In tal caso, faremo in modo di evitare i ristoranti che frequentate." L'uomo le passò accanto, cercando attorno alla zona della scrivania. Finalmente, aprì uno degli ultimi cassetti e tirò fuori un berretto da baseball. "Ecco. Mettete questo. Io ho uno zaino da indossare. Se ne avete uno anche voi, dovreste prenderlo al posto della borsetta."

"Perché mai dovrei possedere uno zaino?" Isabella guardò il berretto grigio con il logo dei Red Sox. "Dici sul serio, vero?"

Nick indicò il proprio abbigliamento. Mentre lei cercava gli abiti sportivi nel suo appartamento, si era cambiato in un paio di jeans, una maglietta nera a maniche corte e mocassini neri informali. "Dovremmo riuscire a spacciarci per dottorandi, soprattutto se mangiamo vicino all'Università di San Rimini. È a pochi passi da qui. Con gli zaini in spalla, nessuno ci regnerà di una seconda occhiata."

"D'accordo." Isabella indossò il cappello, infilando la coda di cavallo nella parte posteriore. "Ma sembro agli antipodi della moda."

"In realtà, state molto bene. E sembrate molto giovane."

Isabella arrossì e ringraziò Nick per il complimento prima di aggiungere: "Andiamo, prima che tu cerchi di trasformarmi ancora di più."

L'uomo prese uno zaino che aveva posato vicino alla scrivania, se lo mise in spalla e si incamminò verso la porta. "C'è un problema," borbottò prima di voltarsi. "Avete idea di come possiamo uscire da qui? Se passassimo dal cancello, l'avventura finirebbe prima ancora di cominciare. Deve esserci una quantità di giornalisti incaricati di sorvegliare il palazzo."

"Ecco." Isabella gli afferrò la mano, attirandolo attraverso le scatole e le casse aperte verso il fondo del magazzino, sentendosi molto simile alla giovane studentessa avventurosa che fingeva di essere. Presto si trovarono di fronte alla parete posteriore. Isabella lasciò andare la mano dell'uomo, quindi tastò con le dita la pietra. Non le ci volle molto per trovare la pietra giusta e il meccanismo nascosto dietro di essa.

"Che cos'è?" Nick si chinò a osservare la parete.

"Un passaggio segreto, che tu ci creda o meno. Re Gregorio Secondo lo fece costruire durante la Seconda guerra mondiale. All'inizio della guerra, nascondemmo quaggiù i gioielli della Corona e la maggior parte dei nostri oggetti di valore. Per nostra fortuna, i nazisti occuparono San Rimini solo per un breve periodo prima che la guerra cominciasse a volgere a loro sfavore e trasferissero la maggior parte dei soldati su altri fronti. Ma durante l'occupazione, il re spostò i membri del personale ebrei e le loro famiglie nella fortezza, dove loro avrebbero avuto facile accesso al passaggio in modo da fuggire o almeno nascondersi nel caso i nazisti prendessero il controllo del palazzo."

"Ma ciò non accadde mai."

"Per fortuna, no. La famiglia reale non poteva lasciare il palazzo, ma i nazisti non entrarono."

Isabella trafficò con il meccanismo per un attimo prima che esso si aprisse, facendo sì che una sezione della parete si muovesse. Nick emise un grugnito di sorpresa quando si rese conto che le pietre che coprivano l'ingresso nascondevano una porta in acciaio rinforzato con una manopola vecchio stile al centro.

"Undici, ventidue, trentasette," disse Isabella, voltando la testa mentre inseriva la combinazione. "La data dell'incoronazione di Gregorio."

"I nazisti non l'avrebbero indovinato facilmente?"

La donna rise e Nick si crogiolò nel fatto che era così rilassata e felice. "No, perché durante la guerra la combinazione veniva cambiata quotidianamente. Quando mio padre fu incoronato, Antony era ancora un ragazzino e mio padre stava cercando disperatamente di inculcargli nella testa le date importanti della storia di San Rimini. Si disse che, scegliendo come combinazione della data dell'incoronazione di Gregorio, sarebbe stato più facile per Antony ricordarsi di essa e della storia del passaggio. Da allora non l'abbiamo più cambiata."

La porta si spalancò e Isabella fece cenno a Nick di seguirla nel corridoio buio. Una volta all'interno con la porta chiusa, la principessa si allungò verso sinistra e premette un interruttore, accendendo una serie di luci sul soffitto. Il passaggio era stretto; sembrava costruito di fretta. Le travi di supporto si estendevano all'infinito di fronte a lui. Armadietti di compensato, che probabilmente un tempo avevano contenuto i tesori della famiglia, si allungavano per le pareti fino più o meno all'altezza della vita e file di scaffali vuoti erano poste sopra le porte degli armadietti.

Isabella seguì il suo sguardo. "Erano pieni di cibo in scatola, torce elettriche, coperte e radio. C'è persino un piccolo bagno incassato nella parete vicino all'altra estremità. Per prudenza."

"Era un buon re." All'epoca, Nick si trovava negli Stati Uniti, ma ricordava i giornali che parlavano dello sprezzo con cui Gregorio Secondo aveva accolto l'occupazione nazista. Ora che aveva conosciuto Isabella, giunse alla conclusione che lei avesse ereditato quella stessa forza d'animo. Se fosse stata lei ad affrontare i nazisti, avrebbe dato prova della stessa tenacia del defunto re.

"È quello che dice anche mio padre," concordò la donna. "Anche se lo ricorda a malapena. Era bambino alla morte di Gregorio. Avrei dovuto accennarti prima del corridoio, ma mi è sfuggito. È da secoli che non scendo qui e l'esistenza del passaggio non è mai stata rivelata al pubblico."

"Non avevo motivo di saperlo." Nick si sistemò lo zaino sulle spalle mentre cominciavano a camminare fianco a fianco lungo lo stretto passaggio. Ogni tanto, le loro braccia si sfiorarono, ma Isabella non rifuggì il contatto.

La principessa lanciò un'occhiata nella sua direzione. "Non diresti così se, mentre cataloghi reperti nel cuore della notte, il principe Marco ti arrivasse alle spalle."

"Lui usa questo passaggio?"

"Sempre. Beh, lo faceva quando era ragazzo e sospetto che lo abbia usato ancora nel periodo trascorso dal suo ritorno dal servizio militare e l'incontro con la sua fidanzata, Amanda. Si allontanava di nascosto con i suoi amici e andava a sciare o a fare escursioni quando avrebbe dovuto partecipare a eventi a palazzo. Mio padre non lo sopportava. Antony, Federico e io abbiamo dovuto giustificare Marco in più di un'occasione nel corso degli anni."

Motivo in più perché la principessa Isabella si riteneva in obbligo di restare vicino a casa e svolgere i suoi doveri, pensò Nick, soprattutto da quando re Eduardo era vedovo e gli altri suoi fratelli si erano sposati.

Camminarono in silenzio per un po' prima che Nick notasse qualcosa di lungo e sottile appoggiato a una parete del passaggio. Isabella fece una smorfia quando raggiunsero l'alta borsa nera.

"L'attrezzatura da sci di Marco," disse divertita. "Mi sa che le vecchie abitudini sono dure a morire."

Nick si allungò a rimuovere una sottile ragnatela che dal soffitto giungeva fino alla sommità del borsone, quindi indicò la polvere sul pavimento attorno alla sacca. "Non l'ha usata questa stagione."

Isabella si voltò verso di lui. "Sei molto attento."

"È il mio lavoro."

Lei gli sorrise, ma non disse nulla mentre proseguivano lungo il passaggio.

"Dove sbuca?" chiese infine Nick.

"Ti farò vedere. Siamo quasi arrivati." Qualche minuto dopo, svoltarono un angolo e si trovarono di fronte a un'altra porta d'acciaio. Isabella la aprì ruotando una grossa maniglia e Nick si ritrovò faccia a faccia con file di carrelli da pasticceria e un fortissimo odore di lievito.

"Eccoci," disse la principessa. "Siamo sul retro della Pasticceria Rosetta, sulla Strada il Reggimento."

Quella strada. Nick non riusciva a crederci. Era proprio quella dove lui e gli altri cavalieri elencati sulla pergamena avevano alloggiato all'inizio della Terza Crociata, in attesa degli ordini di marcia da parte di re Bernardo. Gli venne in mente che Bernardo sarebbe stato felicissimo dell'esistenza del passaggio che ora collegava la Strada il Reggimento al livello inferiore della fortezza, che un tempo fungeva da armeria del re. Nick riusciva a immaginare benissimo Bernardo che progettava il modo migliore per sfruttare il passaggio per cogliere di sorpresa il nemico.

O per spiare i suoi stessi cavalieri nei loro alloggi e valutare la loro fedeltà alla Corona.

Lui e Isabella oltrepassarono file di forni e frigoriferi a pozzo, per poi attraversare una stanza che conteneva scatole di semi di sesamo, cumino, lievito in polvere, cacao e sacchetti su sacchetti di farina e zucchero, il tutto disposto ordinatamente lungo i lati del magazzino dal pavimento di mattonelle. Gli odori gli fecero tornare in mente il vecchio panificio che sorgeva accanto agli alloggi dei cavalieri. Sebbene fossero trascorse molte, moltissime vite, non riuscì a non pensare di aver fatto un giro completo. Eccolo di nuovo lì, sulla Strada il Reggimento, con la sua sorte che dipendeva dal palazzo, a breve distanza.

La voce sommessa di Isabella si fece largo fra i suoi pensieri. "I proprietari sono vecchi amici di famiglia," spiegò, girando attorno a un bidone pieno di pane in sacchetto del giorno prima mentre lo guidava fino all'ingresso della bottega. "Con l'eccezione della mia famiglia, di alcuni addetti alla sicurezza del palazzo e forse di qualche discendente del personale di Gregorio Secondo, sono le uniche persone a conoscenza dell'esistenza del passaggio. Ora, speriamo" – Isabella si alzò in punta di piedi e si allungò per far passare le dita sulla sommità del telaio della porta – "oh, bene, c'è ancora." Si voltò e mostrò una chiave. "Non sarebbe stata un'uscita molto lunga se non avessi potuto aprire la porta del negozio."

Aprì la porta a vetri e si inginocchiò per infilare la chiave nella serratura della saracinesca. Nick la aiutò a sollevare quest'ultima, quindi la abbassò e la chiuse a chiave dopo che furono usciti.

Erano sul marciapiedi, che separava la strada acciottolata dalle dozzine di vetrine dei negozi, la maggior parte dei quali aveva già chiuso. A una fermata dell'autobus dalla parte opposta della strada erano sedute quattro donne, tutte con dei sacchetti della spesa. Alle spalle delle donne, una recinzione di ferro battuto attorno ai giardini del palazzo permetteva ai pedoni di guardare le centinaia di rose, ciascuna aiuola circondata da cespugli di bosso e illuminata dal basso da migliaia di minuscoli faretti bianchi. Diverse persone passarono lì di fronte a passo rapido; a quanto pareva, erano abituate allo spettacolo e ansiose di tornare a casa dai loro cari. Un uomo in bicicletta passò dal loro lato della strada, rimbalzando sui ciottoli, per poi guardarsi alle spalle.

Nick udì Isabella prendere bruscamente fiato.

"Non vi ha riconosciuta."

"Sono lieta che tu sia così sicuro."

"Nessuno si aspetta che voi siate qui, di sicuro non vestita in questo modo. Più probabilmente, quell'uomo ci ha visti uscire dalla pasticceria e si è chiesto cosa stessimo combinando. Venite." Nick le prese la mano, intrecciando le dita a quelle di lei e scoprendo che si incastravano naturalmente, come se camminassero tutti i giorni mano nella mano. "Troviamo un posto dove voi possiate guardare la gente, tanto per cambiare."

"Quello sì che sarebbe il miglior regalo di compleanno che io abbia mai ricevuto." Sul volto della principessa spuntò un sorriso che qualunque fotografo avrebbe riconosciuto all'istante.

"TI RENDI CONTO," disse Isabella mentre posava la forchetta sul piatto, "che questa mattina ho provato almeno due dozzine di vestiti per eventi a cui dovrò partecipare nelle prossime settimane? Ora non mi starà più nessuno di essi. Avrei dovuto prendere un'insalata."

Diceva sul serio. Mai in vita sua aveva mangiato con tanto gusto: minestrone, lasagne verdi, bruschetta, un bicchiere di gustoso Chianti – il che significava che avrebbe dovuto trascorrere tutto il suo tempo libero della settimana in palestra. Sempre che trovasse la forza di alzarsi da tavola.

"È liberatorio, vero?"

Isabella sorrise nuovamente a Nick. Aveva mai smesso di sorridere quella sera? "Sai, hai ragione. Potrei persino aver ruttato una volta o due mentre tu non prestarvi attenzione."

Fu il turno di Nick di sorridere e il cuore di Isabella accelerò il battito in risposta. Quell'uomo le aveva regalato la serata più favolosa della sua vita. Si erano goduti quasi due ore di conversazione spensierata, durante le quali avevano parlato di tutto, dagli artefatti nel seminterrato del palazzo alla squadra di hockey su ghiaccio di Harvard ai meriti dei vari ristoranti dell'Italian North End di Boston. Avevano scoperto di aver la passione per Mike's Pastry, una famosa pasticceria italiana in Hanover Street, anche se non erano d'accordo riguardo a quale servizio di consegna a domicilio offrisse la pizza migliore.

Meglio di tutto, per la prima volta da quando aveva vissuto a Boston come studentessa e per la prima volta dalla morte di sua madre, Isabella si sentiva giovane. Leggera. Anche se solo per qualche ora, non aveva alcun calendario da seguire, nessun discorso da tenere, nessuna comparsata da fare. Come aveva detto Nick, era stata liberata. Nemmeno il cameriere, che l'aveva guardata dritto negli occhi mentre prendeva la sua ordinazione, l'aveva riconosciuta.

Nick aveva persino avuto l'ardire di scegliere un tavolo all'aperto a un ristorante del quartiere universitario, su una collina con vista sulla luccicante Strada il Teatro e i suoi innumerevoli casinò e cinema. Più in là, il glorioso Palazzo d'Avorio, una fortezza restaurata di cinquecento anni, sovrastava il porto di San Rimini e il mare Adriatico. Le coppie ridevano e condividevano segreti ai tavoli vicini e alcuni turisti passeggiavano lungo l'acciottolato, indicando il panorama più in basso e discutendo le loro strategie per sbancare ai tavoli di blackjack e dadi.

"È una bellissima serata, vero? Più calda di quanto avrebbe il diritto di essere, in questo periodo dell'anno." Isabella fece roteare il Chianti, bevve un lungo, lento sorso e inalò profondamente, come se riempirsi i polmoni dell'aria profumata di mare potesse tenerla lì per sempre e preservare la magia della serata. "È questo che adoro del mio Paese. La storia, le stelle, la nota di salmastro nell'aria. È qualcosa di magico."

Nick tacque per un istante, come per riflettere sulle parole di Isabella. Di certo, in quanto esperto di arte medievale di quel Paese, apprezzava il Paese in sé.

"Cosa c'è?" chiese finalmente lei.

Nick esitò. "Lo adorate, ma non avete mai la possibilità di rilassarvi e godervelo."

"Oh, sì invece. Solo, non da sola." Isabella lanciò un'occhiata attraverso il tavolo, verso Nick. "Sai cosa intendo."

"Sì."

Cambiando argomento, Isabella inclinò la testa in avanti, verso il mare. "La serata è così limpida che si vede Venezia. Vedi quelle luci all'orizzonte, oltre il porto di San Rimini?"

L'uomo si voltò e annuì. "Ora è una bella vista. Non era così bella quando i dogi erano al potere e cercavano costantemente di conquistare San Rimini e porla sotto controllo veneziano.

Posso solo immaginare cosa pensassero i vecchi re quando guardavano dalle colline e si rendevano conto che il nemico era sempre in vista."

"La smetti mai di fare lo storico?"

"Mi sa di no."

Sebbene vi fosse un lieve sorriso sul suo volto, Isabella si rese conto che con quella domanda aveva toccato una profonda tristezza interiore. Ma non capiva come.

Il cameriere li interruppe, porgendo a ciascuno un piccolo menu rilegato in cuoio con i dessert della serata. Nick ordinò tiramisù e caffè, ma Isabella scosse la testa.

Nick guardò il cameriere, ma accennò con il capo a lei. *"Zuccotto e cappuccino decaffeinato.*[1]"

"Nick–"

L'uomo fece l'occhiolino al cameriere e disse: *"Grazie.*[2]"

"A volte detesto che lo sciovinismo maschile sia ancora tollerato in questo Paese," protestò Isabella dopo che il cameriere ebbe sparecchiato e loro due furono rimasti nuovamente soli. "La mia opinione dovrebbe avere il suo peso."

"Non quando c'è di mezzo il dolce."

"Ma, pan di spagna con crema e cioccolato? E un cappuccino?"

"Se non vi piacciono, possiamo fare a cambio."

Il mento e le spalle di Isabella precipitarono. "Non è questo il problema e lo sai benissimo. Avrò un calo gigantesco proprio durante l'incontro con la commissione, domani. Non vuoi che io sia al massimo della forma?"

"Voglio che vi godiate il vostro compleanno."

Quando, qualche minuto dopo, arrivarono i loro dolci, lui si allungò sul tavolo e coprì la mano di Isabella con la sua, impedendole di assaggiare il dolce. "Prima spegnete la candelina," la incoraggiò sottovoce, accennando alla candela gocciolante infilata in una vecchia bottiglia di Chianti sul bordo del tavolo. "Esprimete un desiderio."

"Non si spengono le candele sui tavoli," sibilò lei. "Rovina l'atmosfera del ristorante e il cameriere è costretto–"

Nick la trafisse con uno sguardo fisso. "Spegnete la candela e non preoccupatevi. E non dimenticate di esprimere un desiderio."

Scegliendo di non discutere, Isabella chiuse gli occhi per un attimo, cercando di escludere Nick e tutto ciò che la sua anima bramava: che la sua libertà durasse, l'occasione di vivere la vita così tutte le sere, con un bell'uomo che teneva al suo benessere e a cui non importava vederla vestita con abiti poco eleganti e con gli occhiali da lettura addosso.

La possibilità di avere un amore come quello dei suoi genitori.

Invece, costrinse i suoi pensieri a volgersi verso casa e desiderò che il cuore di Federico guarisse. Inalò, quindi aprì gli occhi e si sporse in avanti per spegnere la fiammella.

"Non è corretto esprimere desideri per conto di terzi, principessa." La voce bisbigliata di Nick invase i suoi pensieri. "Esprimete un desiderio per voi stessa. Solo per questa volta."

Isabella sollevò lo sguardo e incrociò quello cupo e penetrante di Nick, fisso sul suo volto. In quell'istante desiderò l'amore e, prima di poterci ripensare, spense la candela, gettando il tavolo nell'oscurità.

"Sei molto gentile con me, Nick Black," bisbigliò. L'uomo le teneva ancora la mano sinistra nella destra sul tavolo e lei allungò l'altra per coprire le sue cicatrici. Nick la capiva benissimo, eppure lei sapeva così poco di lui. "Mi incoraggi a uscire, a divertirmi. Sembri entusiasta di tutti i piccoli piaceri della vita, eppure ti neghi tutto. Ti nascondi dal pubblico e vivi come un eremita. Perché?"

Gli occhi dell'uomo si velarono. Persino nel buio della notte Isabella vide che qualcosa, dentro di lui, si stava chiudendo. "È una storia lunga, principessa."

"Ho tempo."

"Ci vorrebbe più tempo di quello che chiunque ha a disposizione per ascoltarla." L'uomo le strinse la mano più forte per un momento, ma lei non si sentì rassicurata. "L'unica cosa importante è che abbiate avuto la premura di chiedermelo. Vi ringrazio."

L'uomo ritrasse la mano e prese il bicchiere di Chianti. "Godetevi lo *zuccotto*. Sarà meglio tornare a palazzo entro breve. Se qualcuno ci vedesse entrare nella pasticceria a un'ora troppo tarda, potrebbe insospettirsi e chiamare la polizia."

L'uomo bevve un sorso di Chianti e si concentrò sul suo dolce, rendendo palese che la conversazione era chiusa. Quando il cameriere tornò con il conto, Isabella lasciò che fosse Nick a pagare, nonostante la tentazione di obiettare.

Alla fine, l'uomo ruppe il silenzio mentre camminavano mano nella mano sul marciapiedi, diretti nella direzione generale della pasticceria. "Ditemi, principessa, qual è il vostro ricordo d'infanzia preferito?"

Lei gli rivolse un'occhiata scettica. "Dici sul serio?"

"Assolutamente. Ho bisogno di sapere che vi siete divertita, in qualche momento della vostra vita."

Lei gli diede un pugno sul braccio con la mano libera, cosa che non aveva mai fatto se non coi suoi fratelli. "Per essere un bravo ragazzo, sei davvero impertinente."

"State dando per scontato che io sia un bravo ragazzo."

Lei rise, quindi sollevò lo sguardo sulle stelle mentre si dirigeva con lui verso il palazzo, passando da una stradina all'altra, intenta nel decidere quale fosse il suo ricordo più prezioso. "Direi la voce di mia madre che leggeva a me e Marco quando eravamo piccoli. Antony e Federico sapevano già leggere, ma venivano comunque da me e saltavano sul mio letto per ascoltarla, a volte. Non sembrava che dispiacesse loro di sentir ripetere continuamente le stesse favole." Le vennero le lacrime agli occhi al ricordo. "Credo che avessero trovato il modo di raggirare mia madre. Non appena lei andava nella sua stanza, loro tornavano nelle loro e accendevano le torce elettriche sotto le coperte, per leggere i libri di avventura che lei portava loro. Nostra madre era così entusiasta che loro volessero sentirla leggere da non sospettare mai che non andassero subito a letto, come avrebbero dovuto. Fino a quando la loro bambinaia non li sorprese."

"Dovreste tenere il libro di favole, principessa."

"Magari lo farò."

Lasciarono che la conversazione cadesse, godendosi i suoni della notte, soffermandosi ogni tanto a commentare le vetrine o l'architettura degli edifici antichi di San Rimini. Le campane del Duomo batterono l'ora, ricordando a Isabella che la sua notte fantastica sarebbe presto finita.

"Tua madre ti leggeva delle favole?" chiese.

"Non sapeva leggere." La voce di Nick era bassa, colma di rammarico. "Ma mi raccontava storie meravigliose, sì."

"È ancora viva?"

L'uomo scosse la testa. "No. È morta molto tempo fa."

"Ti manca ancora."

"Sempre. Sento ancora la sua voce nella mia testa che mi racconta storie dell'antica Arabia. Erano storie molto cupe, ma lei le rendeva affascinanti."

"Era mediorientale?" Ciò avrebbe spiegato la carnagione di Nick, pensò Isabella, anche se lei si era detta, quando si erano incontrati nell'ufficio di Boston, che l'uomo avrebbe potuto avere origini sanriminesi.

Nick rise di quelle parole. "No. Che ci crediate o no, era sanriminese. Ma mio padre fece un viaggio in Medioriente quando io ero piccolo. Lei mi raccontava quelle storie per passare il tempo mentre lui era via." Si voltò verso di lei. "Qual era la vostra favola preferita?"

"Mmm. Forse *Il leone e il topolino*. Oppure *I folletti e il calzolaio*. Non saprei. Me ne piacevano davvero tante: *I vestiti nuovi dell'imperatore, Il Cavaliere Maledetto, Il principe rospo–*"

Nick smise di camminare. "*Il Cavaliere Maledetto?* Non la conosco. Di cosa parla?"

"Pensavo che tutti i bambini sanriminesi la conoscessero. Probabilmente, te ne sei solo dimenticato."

L'uomo la attirò verso la panchina della fermata di un autobus e lei si rese conto che aveva perso il senso della direzione mentre parlavano. La recinzione di ferro battuto che circondava il palazzo si sollevava dal marciapiedi dietro la panchina e la pasticceria era proprio dall'altra parte della strada.

Nick si tolse lo zaino e lo appese allo schienale della panchina, quindi si sedette e diede un colpetto sullo spazio accanto a sé. "Rinfrescatemi la memoria."

Isabella si fermò, quindi prese posto. "La storia parla di un cavaliere vissuto molto tempo fa. La sua vita era dominata dall'ambizione. Era disposto a fare qualunque cosa per ottenere terre per la sua famiglia e per acquisire importanza agli occhi del re."

Nick si immobilizzò. "Proseguite."

Isabella si acciglió; si sentiva sciocca a raccontare una favola a un uomo adulto. "Beh, un giorno il re affidò al cavaliere l'importante missione di portare un messaggio a un altro re. Mentre il cavaliere cavalcava per la foresta, incontrò un ragazzo in difficoltà. Il ragazzo era intrappolato sotto un ponte crollato e l'acqua sotto il ponte si stava alzando rapidamente–"

"Un ponte crollato? Siete sicura?"

"Sicurissima." Isabella piegò la testa. "Mi sembrava che tu avessi detto di non conoscere questa storia."

"No, infatti." L'uomo le fece cenno di proseguire. "Chiedo scusa, principessa."

"Beh, il ragazzo invocò l'aiuto del cavaliere. Ma il cavaliere temeva che, se non si fosse sbrigato, il messaggio sarebbe arrivato troppo tardi all'altro re e lui avrebbe perso il favore del suo. Per cui proseguì, promettendo che avrebbe inviato qualcuno in soccorso. Mentre continuava il viaggio, incontrò la madre del ragazzo, che stava vagando per la foresta alla ricerca di quest'ultimo. Il cavaliere disse alla madre dove si trovava il ragazzo e lei corse in suo aiuto."

"Riuscì a salvare il ragazzo?"

Isabella rimase di stucco di fronte alla serietà del tono di Nick. Era come se la storia fosse reale e la vita del ragazzo fosse davvero in pericolo.

"Sì, ma a malapena. Era una strega e usò un incantesimo per tenerlo in vita. Quando il cavaliere attraversò quella stessa zona mentre tornava dal suo re, lei lo maledisse. Gli disse che l'ambizione lo aveva reso cieco al valore della vita. Fino a quando egli non sarebbe riuscito a sacrificare l'ambizione in nome delle necessità di un'altra persona, sarebbe stato maledetto con l'immortalità. Dato che non invecchiava mai, da quel giorno in avanti sarebbe stato trattato come un paria."

Nick fissò il buio della notte. "Avevate ragione, principessa. Avevo già sentito quella storia. Ma non ricordo cosa ne fu del Cavaliere. Riuscì mai a infrangere la maledizione?"

Le fece spallucce. "Non lo so."

"Che peccato. Mi sarebbe piaciuto sapere se il Cavaliere ha mai imparato la lezione."

"Beh, la mia balia raccontava una versione diversa di quella che leggeva mia madre. Secondo lei, dopo essere stato maledetto, il cavaliere cedette la sua posizione a corte al fratello minore. Lo aveva sempre trattato male e pensò che, sacrificando tutto ciò per cui aveva lavorato, avrebbe infranto la maledizione. In seguito, il fratello minore salvò la nazione da un terribile invasore e il re fu così grato da offrirgli la mano di sua figlia. Il vecchio cavaliere visse una vita lunga e felice in campagna, grato per il successo di suo fratello. La maledizione non si realizzò mai." Isabella non riuscì a trattenere una risata quando le venne in mente una cosa. "Non ci avevo mai pensato, ma è possibile che la mia balia si fosse inventata quella conclusione per convincere Antony e Federico a comportarsi meglio con

Marco e con me. Quei due pensavano sempre di essere superiori perché erano più grandi. Tipico della mia vecchia balia far abbassare loro la cresta."

Lanciò un'occhiata di sottecchi a Nick, che sembrava perso nei suoi pensieri. Dopo avergli posato una mano sul braccio, chiese: "Mi sembri scosso. Va tutto bene?"

Lui si voltò e le ammiccò, e ogni traccia del suo malumore svanì. "Certo. Stavo solo ricordando l'infanzia e le favole."

Isabella si chinò e lo baciò sulla guancia, per poi pentirsi di essersi spinta a tanto. Baciava i suoi fratelli, suo padre e gli amici di famiglia in modo simile senza pensarci due volte, quando avevano bisogno di conforto o di rassicurazioni.

Ma baciare Nick, anche se in maniera innocente, era tutt'altra faccenda. Perché, quando lui si voltò sulla panchina e il suo bel volto si avvicinò a quello di Isabella, lei si rese conto che baciare Nick non avrebbe mai potuto essere innocente.

CAPITOLO 7

UN'ONDATA di panico e pregustazione travolse lo stomaco di Isabella. Aveva ancora la mano appoggiata sul braccio di Nick, ma prima che potesse rimuoverla, lui la coprì con la propria.

"Forse dovremmo tornare a palazzo," bisbigliò. Ma il suo posteriore non si sollevò dalla panchina; i suoi piedi non si mossero.

"Forse dovremmo."

Ma nemmeno Nick si mosse. I loro sguardi si incrociarono e Isabella si rese conto che erano soli nella strada. Persino i rumori della città svanirono nei recessi della sua coscienza.

Le mani di Nick le circondarono il viso e l'uomo inclinò la testa per oltrepassare la visiera del berretto e posare la bocca su quella di Isabella. Dapprima con gentilezza, poi più profondamente. Il contenimento che aveva mostrato durante l'incontro in magazzino svanì, sostituito da passione e fame palesi, come se il bacio di Isabella gli fornisse il sostentamento necessario a combattere una lunga e disperata battaglia contro un nemico invisibile.

Isabella rabbrividì e chiuse gli occhi, permettendo alla sensazione delle labbra dell'uomo contro le sue – e delle sue mani forti che scendevano ad accarezzarle il collo, le spalle, la schiena – di invaderla. Nonostante il luogo decisamente pubblico e i tabù a cui era soggetta, non avvertì alcun bisogno di staccarsi. Invece, l'impulso travolse il buonsenso e lei si aggrappò alla maglietta nera dell'uomo, trascinandolo con sé fino a quando non furono semisdraiati sulla panchina.

È colpa del Chianti, la ammonì la sua mente, anche se ne aveva bevuto solo un bicchiere, più o meno la stessa quantità che si concedeva alla maggior parte delle funzioni reali. *Non faresti mai una cosa del genere se fossi lucida. Non sai assolutamente nulla di lui.*

Ma lo stava facendo e voleva farlo, nonostante i rischi.

Mentre le braccia possenti di Nick la circondavano, la proteggevano, e la bocca di lui faceva cose magnifiche al suo orecchio, alla sua guancia, alla sua mascella, lei capì nel centro del suo essere che Nick Black era il suo cavaliere in armatura scintillante. Solo lui poteva salvarla da una vita che, nelle due settimane da che lo aveva conosciuto, aveva iniziato a sembrarle vuota. Isolata.

E molto, molto sola.

Quella sera, nel giro di poche ore, Nick le aveva lasciato intravedere uno scorcio straordinario della vita che vivevano le donne normali. Donne che potevano frequentare chiunque volessero. Che potevano mangiare a qualunque ristorante e andare e venire come desideravano. Donne le cui famiglie non si preoccupavano di tabloid, relazioni pubbliche o telecamere.

Le telecamere…

"Oh, no, Nick, Nick, non possiamo." Riuscì a malapena a pronunciare le parole mentre una scarica di adrenalina le attraversava il corpo. L'uomo sollevò la testa per incrociare il suo sguardo e il desiderio nudo che gli riempiva gli occhi glielo fece bramare ancora di più. Ma non lì, non in quel momento.

La voce di Nick aveva un suono brusco, come se lo sforzo di parlare fosse troppo per lui. "M-mi dispiace, Vostra Altezza. Non–"

Isabella gli posò un dito sulle labbra. "Non chiamarmi così. Seguimi."

Spinse contro il petto dell'uomo e si sfilò da sotto di lui, volando via dalla panca e correndo verso la pasticceria a capo chino. Si guardò alle spalle e fece cenno all'uomo di seguirla. Nick aggrottò la fronte con aria preoccupata, ma recuperò lo zaino e fece come lei aveva chiesto. Le tremavano le mani mentre si inginocchiava e infilava la chiave in fondo alla pesante saracinesca metallica, per poi sollevarla in modo da aprire la porta a vetri del negozio. L'uomo tacque, ma una volta che furono dentro, con la saracinesca chiusa e al sicuro, le posò una mano sulla spalla, facendola voltare verso di sé.

"Per favore, principessa, chiedo scusa. Non avrei dovuto prendermi una libertà del genere–"

Lei lo interruppe scuotendo la testa. "Va tutto bene," bisbigliò, sperando di rassicurarlo, anche se riusciva a malapena a intravedere la sua espressione nel negozio buio. "Dovevamo allontanarci dalla recinzione del palazzo. Mio padre ha dozzine di telecamere montate laggiù. Non sempre c'è qualcuno che segue le telecamere da questo lato del giardino e non credo che la sicurezza mi riconoscerebbe, soprattutto con questo berretto e questi orribili occhiali, ma–"

Le dita di Nick si fletterono sulla sua spalla e i muscoli del viso di lui si rilassarono mentre esalava udibilmente fiato. "Dunque volete dire che non vi dispiaceva–"

"Oh, no. Assolutamente." Isabella si allungò a infilare le dita nei capelli scuri dell'uomo, dietro le orecchie, come aveva sognato di fare il giorno in cui lui si era inginocchiato di fronte a lei per studiare la spada medievale nella fortezza.

Sotto lo sguardo confuso dell'uomo, Isabella si allungò in punta di piedi, gli abbassò il viso e lo baciò come non aveva mai baciato un uomo in vita sua.

Subito le braccia di Nick le circondarono la schiena, schiacciandole il corpo contro quello di lui, e Isabella angolò la testa in modo che lui la baciasse più profondamente, prendendo da lui fino a quando il suo labbro inferiore non tremò dalla voglia e il cuore minacciò di scoppiarle nel petto.

Oh, sì. Ecco ciò che si era negata per tanti anni. E per quella sera avrebbe fatto del proprio meglio per recuperare il tempo perduto.

Mentre le loro labbra erano ancora congiunte, Nick la indirizzò verso il retro della pasticceria, dove i profumi della farina e delle spezie di ogni genere si mescolarono nelle sue narici con il delizioso profumo mascolino che aveva imparato ad associare a Nick. Udì un tonfo quando lo zaino dell'uomo cadde sul pavimento, quindi lui la abbassò, delicatamente, fino a quando Isabella non sentì le fredde mattonelle sotto di sé e la morbidezza di un grosso sacco di farina appoggiato alla parete dietro di lei. La bocca insistente di Nick non lasciò mai la sua, come se l'uomo temesse che sarebbe sparita se si fosse permesso di interrompere il contatto anche solo per un secondo. Lei lo attirò a sé, trascinando il suo bacino avvolto nel denim contro il proprio, sfilandogli la maglietta dai pantaloni e infilando le dita sotto per accarezzare la sua pelle calda, per poi godersi il ritmo del corpo di lui che si muoveva sopra il suo.

"Non avete idea di quanto vi volessi," gemette lui contro la sua bocca.

Isabella cercò di non sorridere mentre l'uomo si spingeva contro di lei, palesemente bisognoso di essere libero dai jeans. "Oh, credo di saperlo."

Come sarebbe stato sentirlo dentro? Sarebbe stato godurioso come lei immaginava? Altrettanto liberatorio?

Oppure l'avrebbe soffocata completamente?

L'uomo si staccò, le tolse gli occhiali e, con un unico movimento, le sfilò il berretto da sopra la testa e le slacciò l'elastico della coda, lasciando che i capelli le ricadessero sulle spalle. "Queste cose non servono più. Ho bisogno di vedere voi, principessa."

Prima che l'uomo potesse riportare la bocca alla sua, lei gli infilò le mani nella cintura e gli liberò la maglietta nera dai jeans. Con una spavalderia di cui sperava non si sarebbe pentita il mattino dopo, disse: "Allora anche io ho bisogno di vedere te."

Pochi istanti dopo, Isabella sfilò la maglietta di Nick da sopra la testa e la lanciò alle spalle dell'uomo. Quando sollevò lo sguardo per soppesare la sua reazione, cercò di non sussultare per lo stupore. Nude, le spalle di Nick sembravano più larghe e il suo corpo pareva più massiccio di quanto lei aveva previsto. Una spolverata di sottili peli scuri gli copriva il petto e lei non riuscì a trattenersi dal passargli le dita lungo la gabbia toracica, fra i peli morbidi e sulle spalle. Ogni centimetro era caldo, liscio e solido meraviglioso. Isabella cominciò a muovere le dita verso la schiena dell'uomo quando trovò prima una piccola sporgenza poi un'altra. Una cicatrice dopo l'altra si estendeva attraverso la parte frontale e superiore della spalla sinistra, segnando la pelle meravigliosamente liscia. I bordi erano ruvidi, frastagliati, come se la pelle fosse stata lacerata e ricucita frettolosamente – se mai era stata ricucita. Isabella strizzò gli occhi, cercando di vedere più nel dettaglio di quanto lo permettesse la stanza buia. "Deve essere stato terribilmente doloroso," mormorò, pensando alla mano sfregiata sul lato opposto. Come quelle sulla spalla, anche i segni sulla mano erano rialzati e irregolari. "Hai avuto un incidente d'auto?"

"No." L'uomo le baciò la fronte e le coprì la mano con una delle sue, togliendole delicatamente le dita dalla spalla.

"Allora che ti è successo?" bisbigliò Isabella. Il solo pensiero che egli avesse sperimentato un dolore simile le lacerava il cuore. "Queste ferite non sono mai state curate da un medico."

"È una storia lunga."

"Una storia lunga o un segreto?" Isabella aveva saputo prima ancora di conoscerlo che quell'uomo aveva dei segreti, ma non aveva immaginato che essi fossero di natura fisica. Possibile che quelle cicatrici fossero il motivo per cui l'uomo evitava il contatto con il pubblico? Per cui rimaneva chiuso nel suo moderno ufficio di Boston, protetto da un'assistente formata per respingere il mondo intero?

Lui le afferrò la mano, quindi intrecciò le dita alle sue. "Una storia lunga. Credetemi, vorrei con tutto il cuore raccontarvela. Ma non è il momento. Non siete d'accordo?" Nick le afferrò l'orlo del maglione, quindi glielo sfilò da sopra la testa con la stessa passione che lei aveva mostrato un momento prima. Il suo sguardo cupo scavò in quello di Isabella, abbattendo le sue ultime difese mentre al tempo stesso usava un dito per tracciare il pizzo sulla sommità del suo reggiseno rosa. "*Cara*[1], sei bellissima."

Senza esitazione, Isabella si sporse a baciarlo sulla spalla, ordinando a quelle brutte cicatrici di guarire. Ordinando che lui guarisse. Nonostante trascorresse la maggior parte delle sue ore di veglia a lottare per aiutare i bisognosi, aveva la sensazione che salvare Nick Black sarebbe stata la sfida più difficile.

Nick ebbe un sussulto e, per una frazione di secondo, lei si chiese se non avesse fatto qualcosa di sbagliato.

"Presto!" Nick recuperò il maglione di Isabella e glielo ficcò fra le mani. "Hai sentito?"

Lei non aveva sentito nulla, ma l'espressione di Nick la spaventò al punto da convincerla a rimettersi il maglione lilla. "Cosa?"

Nick ruotò sulle ginocchia, recuperando la maglietta da dove era atterrata vicino a un'enorme impastatrice. "Forza." Infilò la testa e le braccia nei buchi della maglietta, quindi le afferrò le mani, facendola rialzare e spingendola dietro una grossa isola squadrata. Fu allora che Isabella sentì.

Una risata. La risata di Marco. L'orrore la paralizzò mentre si accovacciava dietro l'isola. Nick la strinse forte a sé, il braccio dalla muscolatura robusta che le inchiodava il corpo al suo in modo che nessuno potesse vederli.

Pochi istanti dopo, lei udì il cigolio della porta del passaggio.

La luce proveniente dal tunnel illuminò una sottile striscia di pavimento, per poi spegnersi. Isabella aguzzò lo sguardo, ma poteva intravedere soltanto le mattonelle e alcuni degli armadietti più bassi senza tradirsi.

La voce della futura cognata di Isabella riecheggiò nella stanzetta. "Marco, tuo padre si fida del mio giudizio. Se sapesse che non solo ti ho permesso di lasciare il ricevimento senza dirglielo, ma che ti ho accompagnato—"

"Basta così. Il ricevimento era quasi finito quando me ne sono andato e al resto penserà Antony. Non se ne accorgerà nessuno."

"Isabella se ne accorgerà. Come è giusto che sia."

"Isabella non c'era."

Amanda smise di camminare e si voltò, le scarpe dal tacco alto visibili accanto all'isola, quasi a portata di mano del nascondiglio di Nick e Isabella.

"Sei sicuro? Non è venuta con me a far visita all'ospedale. Pensavo fosse perché aveva partecipato al ricevimento con te."

I piedi di Marco apparvero alla vista, circondando quelli di Amanda, e Isabella ingoiò il terrore. "Nerina mi ha detto che aveva un impegno altrove. Non so di cosa si trattasse, ma non mi importa."

I due smisero di parlare, ma i loro piedi non si mossero. Poi, qualcosa andò a sbattere contro l'isola.

"Marco—" La protesta di Amanda si interruppe e Isabella si rese conto che suo fratello aveva troncato la discussione con un bacio. Proprio dall'altra parte dell'isola.

No, no, no! Isabella era sconvolta dal panico. E se la cosa non si fosse fermata a un bacio? Non poteva permettere che quei due continuassero senza rendere nota la sua presenza, e poi cosa sarebbe successo?

Isabella lanciò un'occhiata di sbieco a Nick, che non sembrava condividere la sua preoccupazione. Anzi, riusciva a malapena a contenere l'ilarità. Tremava per lo sforzo di restare in silenzio e lei gli lanciò un'occhiata al vetriolo.

Lui si limitò a tremare più forte.

Per fortuna, proprio mentre Isabella decideva che era meglio alzarsi e annunciare la sua presenza, udì uno scricchiolio dall'altro lato dell'isola, seguito da un mascolino suono di protesta e da Amanda che diceva a Marco di risparmiare le forze per dopo. Seguì un altro scricchiolio, poi giunsero rumori di passi mentre Marco e Amanda si incamminavano verso la stanza principale del negozio. Nick le diede di gomito e Isabella si voltò a guardarlo accigliato.

"La chiave," mimò con le labbra l'uomo, per poi spostare lo sguardo verso l'ingresso del negozio. "Non possono uscire."

Isabella rimase a bocca aperta. Era stata così distratta, quando lei e Nick erano entrati nel negozio, che non aveva riposto la chiave sulla sommità del telaio della porta. Mostrò le mani vuote a Nick, quindi tastò le piccole tasche dei pantaloni mentre lui faceva lo stesso. Niente.

"Dovrebbe essere qui," sentì dire da Marco ad Amanda dall'ambiente principale. "Rosetta non la sposta mai."

"Quando l'hai usata l'ultima volta? E non dirmi che non è successo. Ho visto i tuoi stivali da escursione sul retro della tua Range Rover, la settimana scorsa, ed erano sporchi di fango."

La risata di Marco seguì al commento pungente di Amanda. "Alcuni di noi sono andati a fare un'escursione notturna la settimana in cui tu sei andata dai tuoi genitori. Ma ricordo bene di aver riposto la chiave. Sono sempre molto attento."

Accanto a sé, Isabella sentì Nick irrigidirsi. L'uomo schizzò fuori da dietro l'isola, muovendosi rapidamente, ma in silenzio. Con il terrore che le risaliva in gola mentre Marco e Amanda continuavano a punzecchiarsi, Isabella si sporse quanto bastava per guardare Nick avvicinarsi ai sacchi di farina e afferrare il berretto e gli occhiali di Isabella, che avevano abbandonato imprudentemente mentre correvano a nascondersi. Sul pavimento dove prima si era trovato lo zaino lei intravide la chiave scintillante e si sbracciò fino a quando Nick non la vide. L'uomo seguì la direzione indicata dal suo dito, afferrò la chiave, tornò in punta di piedi dietro l'isola e gliela mise sul palmo.

"E adesso?" mimò lei.

L'uomo fece spallucce, scrutandola negli occhi in cerca di un suggerimento.

Isabella lasciò ricadere la testa contro l'isola il più silenziosamente possibile. Come aveva fatto a ficcarsi in quel guaio?

"Un momento," tuonò la voce di Marco dall'ingresso del negozio. "Controlla sul pavimento accanto alla porta, nel caso sia caduta. O magari Rosetta l'ha lasciata vicino alla cassa, se ha dovuto usarla. Io ho un altro posto dove guardare."

Nel giro di qualche istante, Marco era di nuovo nella stanza con loro. Rimase immobile per un istante, quindi si appoggiò sull'isola direttamente di fronte a loro.

"Issy?" La sua voce era così bassa che lei quasi non la udì. "Vieni fuori. Ho sentito il rumore prima che arrivassimo e tu sei l'unica che non è venuta al ricevimento."

Isabella lanciò un'occhiata a Nick. Lui accennò con il capo all'isola e mosse la bocca come per dire *Vai*.

Isabella si alzò. Meglio evitare che Marco facesse il giro e vedesse che entrambi erano nascosti lì.

Marco la salutò con un sorriso smargiasso mentre lei gli metteva la chiave in mano. Suo fratello si sporse attraverso l'isola, la baciò sulla guancia e le mormorò all'orecchio: "Non sei brava quanto me in queste cose. La prossima volta che vuoi uscire, dimmelo e ti darò qualche consiglio."

Isabella prese in considerazione di dargli un pugno, solo per cancellargli quell'espressione egocentrica dal viso, ma sapeva che Amanda avrebbe sentito.

Marco incrociò il suo sguardo, ammiccò, quindi esclamò rivolto ad Amanda: "Trovata!" Con un ultimo sorrisetto, girò sui tacchi e si diresse verso l'ingresso.

Non appena la saracinesca fu calata alle spalle di Amanda e Marco, Nick crollò contro l'isola, ridendo e stringendosi i fianchi.

"Lo trovi divertente?"

Nick grugnì. Grugnì davvero, da tanto forte rideva. "Non mi divertivo così da un sacco di tempo. Pensaci, principessa. Due reali di fama mondiale che zampettano furtivamente sul retro di una minuscola pasticceria nel cuore della notte solo per–"

"Solo per cosa?"

L'uomo si schiarì la voce e si finse serio. "Per prendere una boccata d'aria fresca."

Isabella scosse la testa in un cenno di rimprovero, ma non riuscì a trattenere un sorriso. "D'accordo, è stato divertente," ammise. "E sono felice che Marco abbia trovato una persona assennata che lo ama."

"Sono innamorati. Su questo non c'è dubbio."

Isabella esalò il fiato e sentì il sorriso svanire. "E se Marco ci avesse sorpresi? O, peggio ancora, se un giornalista ci avesse visti? O magari un turista con una macchina fotografica? Non avremmo dovuto farlo."

Nick si alzò dal pavimento di mattonelle. Questa volta, l'espressione seria non era simulata. "Dici sul serio?"

"Sì. No. Non lo so. Insomma–"

L'uomo si avvicinò, quindi le sfiorò la spalla con i polpastrelli. Isabella era felice che stesse provando a rassicurarla, ma Nick non ci stava riuscendo.

"Avevi bisogno di uscire e di vivere un po' di libertà," disse a bassa voce l'uomo. "Di dimostrare a te stessa che ti è permesso stare con un uomo senza temere i media."

"Vedo spesso uomini."

"Non in un contesto romantico. Non da quando andavi ad Harvard." Nick le tolse la mano dalla spalla per circondarle il mento, costringendola a incrociare il suo sguardo. "Capisco il perché, ma non deve andare per forza così. La vita è troppo breve perché tu rimanga una vergine intrappolata in una gabbia dorata."

La rabbia si mescolò all'imbarazzo nelle viscere di Isabella. "Non ho mai detto–"

"Non c'è nulla di cui vergognarsi, principessa. Prima che tu lo chieda, no, il mondo intero non lo sa. Era solo una mia supposizione." Nick le passò il pollice sulla guancia e la osservò per un momento, come per decidere come meglio formulare quello che voleva dire. "Fidati quando ti dico che ho visto troppe donne sprecare intere vite in attesa del momento in cui sarebbe stato sicuro seguire il cuore. La tua situazione è unica, ma non sopporterei di vedere una cosa del genere succedere a te. Sei troppo speciale. Meriti un po' di felicità." L'uomo lanciò un'occhiata nella direzione dell'ingresso del negozio. "Come quella di tuo fratello e di Amanda."

"Può darsi," bisbigliò lei. "Ma, e la mia famiglia? Non hai idea di quello che ha passato mio padre con Marco prima che Marco conoscesse Amanda. Quando è tornato dal servizio militare, era sempre fuori a giocare d'azzardo, si rifiutava di partecipare agli eventi di palazzo… e con una femmina è diverso. Sai cosa successe ai Grimaldi quando la principessa Stéphanie era giovane? Arrivò persino a unirsi a un circo itinerante, solo perché un uomo–"

Nick la zittì con un'occhiata. "Tu non sei tuo fratello e di sicuro non se la principessa Stéphanie. Che – a proposito – ne è uscita benissimo. Tu sei Isabella diTalora. Se una persona assennata. Vuoi uscire con qualcuno, non unirti a un circo. Nessuno, nemmeno la peggiore feccia dei media o dei troll, ne farebbe una colpa a te o alla tua famiglia. Devi crederci. E anche qualunque uomo sia così fortunato da frequentarti ci crederà."

"Nick–"

"Pensaci. Questa sera non deve essere un caso unico per te. Se vuoi vedere degli uomini, vedili. Sono sicuro che ce ne siano dozzine che ucciderebbero per avere l'occasione di portarti fuori anche solo una volta. Metti gli occhiali e il berretto, se vuoi, ma presto ti renderai conto di non averne bisogno."

Il dubbio di Isabella doveva essere evidente, perché l'uomo bisbigliò: "Promettimi solo che ci penserai. Corri un rischio e vivi la tua vita. Trova qualcuno da amare. Se non lo farai, te ne pentirai."

Una lacrima le scivolò lungo la guancia prima che lei potesse fermarla. Qualcuno le aveva mai parlato in quel modo? La sua famiglia le voleva bene, ma nessuno si prendeva la briga di chiederle se fosse felice. Lo davano per scontato, perché era lei a farglielo credere. E doveva ammettere che, anche se glielo avessero chiesto, lei avrebbe risposto che era felicissima, grazie. Solo Nick aveva percepito la verità.

Isabella toccò il morbido cotone della maglietta nera dell'uomo, appoggiandosi alla sua forza, quindi lasciò che le sue dita si soffermassero sulla spalla. Sentiva le cicatrici rialzate anche attraverso il tessuto. Per quanto magica fosse stata la loro serata, era come se lui volesse che lei frequentasse altri uomini. Cosa lo aveva ferito tanto profondamente da convincerlo di non essere in grado di amare? Perché non poteva correre lo stesso rischio che incoraggiava lei a correre?

Isabella trasse un respiro profondo, costringendosi a controllare le lacrime. "Va bene, te lo prometto. Ci penserò."

"Ottimo."

Lei lo guardò negli occhi, ma lasciò le dita sulla sua spalla. "Ma dimmi, Nick, di cosa hai bisogno tu? Ti isoli ancora più di me. Non vedi nessuno. Né in pubblico, né in privato. È per questo che mi capisci così bene? Anche tu hai bisogno di qualcosa?"

L'uomo strinse gli occhi. Aveva eretto attorno al proprio cuore delle fortificazioni che forse lei non avrebbe mai superato. Ma Isabella doveva provarci ancora una volta, almeno.

"Non posso dirtelo, principessa. Vorrei, ma–" Nick si sporse in avanti, appoggiando la fronte alla sua. "So che sembra che io stia cercando di evitare le tue domande. Non è così. Vorrei dirtelo, più di quanto abbia mai voluto dirlo a chiunque. Ma è molto complicato."

"Più complicato della mia vita? Non puoi certo temere le aggressioni mediatiche quanto me."

"Non ne hai idea."

NICK LE TOLSE la mano dalla spalla sfregiata per la seconda volta quella sera. Detestava scoraggiarla, perché sapeva che, se esisteva al mondo una persona che avrebbe potuto credere alla sua storia, si trattava della principessa Isabella.

Ma la dura esperienza gli aveva insegnato che doveva tutelarsi e tutelare lei. Se la principessa avesse ascoltato la sua storia e avesse deciso di prendere le sue parti, come aveva fatto Coletta quando si erano sradicati dalla loro casa, lui non se lo sarebbe mai perdonato.

Esalò un lungo, doloroso respiro. Forse i media non avrebbero messo al muro Isabella per essere uscita con un uomo qualunque, ma l'avrebbero fatta a pezzi se avesse scelto di frequentare un uomo che sosteneva di essere immortale. La famiglia di lei avrebbe sofferto, lei si sarebbe convinta di aver fatto bene a isolarsi e si sarebbe trovata in una situazione ancora peggiore di prima.

Nick la guidò lontano dall'isola, verso il passaggio. "Ascoltami, principessa. È tardi ed entrambi abbiamo bisogno di riposare. Io devo consegnarti quel rapporto domani mattina presto e tu devi prepararti per l'incontro con la commissione del museo."

Gli angoli della bocca della donna si sollevarono, ma lui vedeva ancora il dolore nei suoi occhi di fronte alla propria incapacità di condividere i suoi segreti. "D'accordo. Per ora. Ma non credere di averla scampata."

"Mai pensato."

Attraversarono il passaggio e raggiunsero il livello inferiore della fortezza mano nella mano, senza parlare. Superarono il magazzino e salirono i gradini di pietra consunta che portavano alla parte principale della fortezza. Dopo una rapida strizzata di dita, si separarono, spostandosi ai lati opposti del corridoio. Entrarono a palazzo insieme, ma avvertirono nuovamente la necessità di mantenere una distanza professionale.

Quando raggiunsero la porta della suite per gli ospiti di Nick, fu Isabella a rompere il silenzio. "Grazie, Nick. È stata una cena meravigliosa." La donna si voltò verso di lui nella luce soffusa. "È stato un regalo bellissimo. Non lo dimenticherò."

"Nemmeno io. Buon ventinovesimo compleanno."

Percependo la necessità di qualcosa di più, nonostante si trovassero in un corridoio pubblico e chiunque potesse passare da lì, Nick si chinò e le diede un lungo bacio sulla tempia. Inalò il dolce profumo fresco dai capelli di Isabella e – per l'intervallo di quell'inalazione – perse quasi la determinazione. Costringendosi a ritrarsi, aggiunse: "Consegnerò il rapporto a Nerina al sorgere del sole."

"Grazie."

Nick girò la maniglia ed era quasi entrato nella stanza quando gli venne in mente un pensiero. Uscendo di nuovo in corridoio, disse rivolto alla schiena di Isabella: "Principessa?" La donna si immobilizzò, quindi si voltò con un'espressione carica di attesa.

"Stavo pensando alla tua proposta di portare qui Anne. Credo che accetterò."

L'espressione di attesa svanì, sostituita da quella che lui aveva imparato a riconoscere come l'espressione professionale di Isabella.

"Ma certo. Prenotale pure un volo per quando sarà più comodo. Posso prenotare una stanza al Ritz o chiedere al personale di prepararle una suite per gli ospiti. Come preferisci."

Isabella gli rivolse un brusco cenno del capo, mettendo in chiaro che non desiderava più parlare quella sera. "Dille di documentare le spese; penserà Nerina a rimborsarla. Buona notte."

"Buona notte," rispose lui, ma Isabella si era già allontanata. Nick chiuse la porta della sua stanza, quindi sferrò alla parete un pugno così forte che l'indomani gli sarebbe venuto un livido, anche se probabilmente sarebbe stato il cuore a fargli più male.

Detestava ferire Isabella. Non si pentiva di averla portata fuori e di averle dimostrato che poteva godersi la vita, ma avrebbe dovuto opporsi all'intimità fisica.

Appoggiò la testa alla fredda parete di pietra. Resistere era inutile e lui conosceva molto bene battaglie come quella. Isabella diTalora si incastrava troppo bene fra le sue braccia. Lui non era in grado di resisterle più di quanto potesse farlo un uomo affamato di fronte a un banchetto.

Senza pensarci, le sue dita si spostarono alle cicatrici sulla sua spalla, ottenute in battaglia due anni prima dell'incontro con Rufina. Quasi tutti i cavalieri che conosceva erano rimasti feriti prima o poi, o sul campo di battaglia o durante l'addestramento, e i loro corpi portavano le cicatrici. Le sue ferite erano guarite per quanto era possibile che lo facessero nel dodicesimo secolo, senza i benefici della medicina moderna, e da allora lui non ci aveva più pensato.

Ma Isabella l'aveva fatto. A lei importava, proprio come le importava dell'isolamento di Nick. Si era resa conto che non viveva in quel modo per scelta.

Nick voltò la testa quanto bastava per guardare fuori dalle finestre che ora occupavano una parete della sua piccola suite. Più in basso, una fontana colmava la zona che un tempo conteneva il giardino delle erbe di re Bernardo e un pozzo. Alla sua sinistra, la parte principale della Rocca, che non esisteva nemmeno quando lui aveva vissuto lì, si estendeva sul suo maestoso trespolo in cima alla collina, che dava sui casinò, i cinema e il distretto finanziario. Una luce solitaria brillava nella zona occupata dagli appartamenti privati della famiglia, ma per il resto, tutto era spento per la sera.

Nick non riuscì a non chiedersi se la luce appartenesse alla stanza di Isabella e se la loro serata in città l'avesse lasciata turbata e colma di desideri primitivi come lui. Erano fatti per stare insieme, corpo e anima, e Nick sapeva che per lei era lo stesso. Che lo sarebbe stato, se avessero trascorso più tempo da soli.

Ma lui non poteva averla, non prima di aver infranto la maledizione, sempre che ciò fosse possibile. Isabella meritava di stare con un'altra persona e lui doveva lasciarla perdere. Proprio come avrebbe dovuto lasciar perdere Coletta, per quanto avesse voluto che restasse con lui.

Sospirò quando la luce che splendeva nel palazzo principale venne spenta. Se non altro, con l'aiuto di Anne, lui avrebbe potuto liberare più tempo per la sua cerca.

Chiuse gli occhi, pregando di riuscire a infrangere la maledizione. Non si era mai sentito così vicino, né era mai stato più disperato.

Nel frattempo, la presenza della sua assistente nel magazzino gli avrebbe impedito di cedere alla tentazione per quanto riguardava la principessa Isabella.

Se l'avesse baciata di nuovo, sarebbero stati perduti entrambi.

CAPITOLO 8

Isabella salutò con un cenno la familiare guardia notturna mentre l'uomo scendeva le scale vicino al suo appartamento. Se anche la guardia trovava bizzarro l'abbigliamento della principessa, non lo diede a vedere. Isabella percorse il corridoio, digitò il codice della porta e accese la luce. Come previsto, il personale aveva completato i consueti, frenetici preparativi per l'indomani. Una copia stampata dei suoi impegni era posata perfettamente centrata sullo scrittoio vicino alla porta, cortesia di Nerina. Un tailleur di seta color navy, adatto a un appuntamento mattutino, era appeso su un piccolo appendiabiti accanto al letto, con scarpe abbinate e una borsetta già riempita appoggiate con ordine su una vicina sedia. Un tubino di leggera lana nera era appeso dietro la seta. Un piccolo biglietto diceva che sarebbe stato appropriato per l'incontro al museo o per la cena che Isabella aveva in programma con suo padre, nel caso lei scegliesse di cambiarsi.

Il copriletto di broccato era piegato con cura, scoprendo le lenzuola di cotone egiziano. Una brocca di cristallo dai solchi profondi contenente acqua fresca era posata sul comodino accanto un bicchiere abbinato e Isabella sapeva che un accappatoio fresco di bucato la attendeva nel lussuoso bagno.

Lì, nulla era cambiato. Dentro di lei, era cambiato tutto.

Parte di lei avrebbe voluto tornare alla stanza di Nick, bussare alla porta e baciarlo di nuovo nell'istante in cui avesse aperto. Prima che lui potesse riflettere, prima che potesse trovare una scusa per respingerla. Ogni molecola del suo corpo gridava il bisogno del tocco dell'uomo e lei sapeva che quello stesso bisogno travolgente tormentava anche lui. Isabella poteva anche essere vergine e inesperta in fatto di uomini, ma non era stupida. Nessuno poteva fraintendere la voracità nei baci di Nick, la voglia nel suo sguardo o l'ammirazione con cui le sue mani le accarezzavano il corpo.

Cosa lo tratteneva, allora?

Isabella si tolse le scarpe basse vicino al letto, ancora sbalordita all'idea di essere uscita in pubblico vestita in maniera tanto sportiva, quindi tornò alla scrivania per prendere il programma.

Sotto il programma, un foglio di carta intestata color avorio con l'elegante grafia di Federico attirò la sua attenzione. Subito, Isabella si portò una mano al ventre. I bambini! Non aveva letto loro la storia della buona notte e, nell'entusiasmo per l'uscita in città, si era completamente dimenticata di dire a Federico che non sarebbe venuta. Federico doveva essere perplesso e i ragazzi molto delusi. Come aveva potuto essere così distratta?

Prese la pagina e cominciò a leggere il messaggio di Federico, scritto nel suo solito italiano formale.

Carissima Isabella,

Arturo e Paolo sono rimasti comprensibilmente delusi perché questa sera tu non hai potuto leggere per loro. Che la tua assenza sia stata accidentale o intenzionale, ti prego di accettare la mia profonda gratitudine. È stato bello avere l'occasione di allontanarmi dal ricevimento per trascorrere un po' di tempo in tranquillità con i miei figli. Per la prima volta da molto tempo, abbiamo letto e cantato e ci siamo divertiti veramente. Avevo bisogno di vedere con i miei occhi che sono ancora in grado di ridere e non lo avrei fatto senza essere costretto a trascorrere un po' di tempo da solo con loro nel loro momento più rilassato.

Dopo che i bambini sono andati a letto, ho telefonato a Nerina e le ho chiesto dove tu fossi. Lei non mi ha detto molto, se non che avevi un altro impegno. Solo allora mi sono reso conto, cara sorella, che oggi è il tuo compleanno. Ti prego di perdonarmi per non averti porto i più sinceri auguri. Spero che ti sia divertita questa sera. Meriti un po' di felicità dopo tutto quello che hai fatto per Arturo, Paolo e il sottoscritto dalla morte di Lucrezia. Anzi, per tutto quello che hai fatto per la nostra famiglia. Prima di questa sera e della tua assenza, non mi ero reso conto dei numerosi sacrifici che fai per noi.

Di nuovo, ti prego di accettare tanto le mie scuse quanto la mia gratitudine. Se lo desideri, domani sera Arturo e Paolo sarebbero felici di condividere con te una torta di compleanno. Ma se hai altri piani, ti incoraggio a metterli in atto.

Tuo eterno debitore,
Federico

Isabella esitò incredula, poi lesse di nuovo il messaggio. Federico le era grato per *non* aver letto una storia ai suoi figli.

Non era quello che si aspettava, ma non dubitava che Federico fosse sincero.

Scrisse un appunto sul programma per ricordarsi di passare dall'appartamento di Federico l'indomani sera. Poi, sorridendo fra sé, piegò la lettera di suo fratello e la ripose nel comodino. Un giorno, Federico avrebbe forse imparato a non essere così formale, almeno non con i suoi germani, ma per il momento lei faceva tesoro delle sue parole.

Chiuse il cassetto del comodino, pensando che forse Nick aveva ragione, dopotutto. Forse la sua famiglia avrebbe capito se lei avesse immerso i piedi nelle acque delle relazioni. Non che si sarebbe mai lasciata sorprendere mentre baciava un uomo su una panchina pubblica – quella era stata una svista spaventosa – ma che male poteva esserci nel condividere una cena a lume di candela sotto le stelle, nel godersi una buona conversazione e un bicchiere di vino, purché all'uomo non dispiacesse che ogni tanto qualcuno gli scattasse una foto?

A meno che, naturalmente, l'uomo con cui lei avesse cenato non covasse un segreto che i media avrebbero potuto rivelare e usare per distruggere la reputazione della famiglia di Isabella.

Si sedette sul bordo del letto. Nick aveva fatto grandi sforzi per evitare le telecamere all'aeroporto il giorno del suo arrivo a San Rimini. Quella sera, lei si era mascherata, per cui il rischio di essere fotografato era minimo, ma Isabella aveva la sensazione che l'uomo fosse comunque nervoso, costantemente guardingo nel caso qualcuno potesse scattare loro una foto. Ma era nervoso perché temeva per lei o anche per se stesso?

Perché sembrava incoraggiarla a vedere altri uomini? Credeva genuinamente che una relazione fra loro due fosse impossibile, nonostante la loro innegabile chimica? Quale segreto poteva essere tanto devastante?

Isabella si infilò le dita fra i capelli. "Perché, Nick? Perché non me lo vuoi dire?"

Dopo essersi alzata dal letto, si infilò le scarpe e uscì dalla porta. Camminò fino a trovare la guardia che aveva incrociato sulle scale.

"Vostra Altezza," disse l'uomo.

"Mi dispiace disturbarla. Volevo chiederle: per caso sa a che ora arriva Chiara Ascardi la mattina?"

"Credo che sia qui ora," disse la guardia. "Stava parlando con l'addetto alla sicurezza vicino all'appartamento del principe Antony quando ho iniziato il mio turno. Se avete bisogno di parlarle, potreste provare a telefonare al suo ufficio."

Nella luce soffusa del corridoio, Isabella notò che la guardia aveva la fronte aggrottata dalla preoccupazione. Non era tipico che un membro della famiglia reale chiedesse della responsabile della sicurezza nel cuore della notte. "Spero che vada tutto bene, Vostra Altezza. C'è per caso qualche problema di sicurezza che mi è sfuggito?"

"No." Isabella gli sorrise per rassicurarlo. "Ha sempre svolto un ottimo lavoro. C'è semplicemente una questione che volevo chiedere alla signora Ascardi di approfondire per conto mio."

"Se c'è qualcosa che posso fare, vi prego di farmelo sapere."

"Naturalmente. Buona notte."

Qualche minuto dopo, Isabella era di nuovo nella sua stanza e stava parlando con la responsabile della sicurezza sulla sua linea privata. Spiegò rapidamente le sue necessità, poi chiese alla responsabile di mantenere la discrezione. "Voglio solo essere informata, Chiara. Non desidero che lei prenda alcuna iniziativa, indipendentemente da ciò che dovesse scoprire. Le chiedo inoltre di non parlare a mio padre di questa richiesta."

"Come desiderate, Vostra Altezza," rispose l'ex-comandante della polizia militare. "Mi attiverò immediatamente."

"La ringrazio. Ma per favore, se ne occupi solo se non ha altri impegni. Non è nulla di prioritario."

"Capito."

Isabella chiuse la telefonata, soddisfatta perché presto avrebbe avuto la sua risposta – o almeno un indizio. Parte di lei sapeva che Nick sarebbe rimasto deluso che lei si fosse mossa alle sue spalle, ma al tempo stesso, in quanto sua datrice di lavoro, Isabella aveva il diritto di verificare il suo passato.

"Non può essere chissà che cosa," disse fra sé, cercando di

convincere se stessa. Sapeva, dai controlli iniziali, che l'uomo non aveva precedenti penali. Non era mai stato arrestato, né aveva mai avuto a che fare con la polizia. Un individuo gentile e premuroso come Nick Black non poteva avere grandi scheletri nell'armadio, no?

In qualunque caso, lei doveva sapere. Era l'unico modo in cui avrebbe potuto valutare l'approccio migliore per convincerlo a parlarle. Quali che fossero i suoi segreti, lei non avrebbe pensato male di lui. Perché quella sera, sotto la luna e le stelle di San Rimini, Isabella si era innamorata di Nick Black.

Non desiderava altro che lui si innamorasse di lei e che lo facesse senza paura.

I numeri rossi lampeggianti sull'orologio del comodino mostravano che era l'una di notte e Isabella si rese conto che il suo compleanno era finito. I ventotto anni erano un ricordo. E l'anno dopo, lei ne avrebbe compiuti…

Gemette. *Trenta.*

Che fine avevano fatto i suoi vent'anni? L'indomani sarebbe tornata al solito tran tran, passando da un impegno all'altro con pochissimo tempo per sé. Due settimane prima, ciò non sarebbe stato un problema. Ora, tuttavia, le pesava molto.

Uscì dal suo appartamento, individuando ancora una volta la guardia che faceva il suo giro. Ormai, era probabile che l'uomo avesse cominciato a dubitare del suo stato mentale, ma non gliene importava. Nick dormiva sicuramente da tempo – o almeno, lei lo sperava – ma Isabella meritava un ultimo regalo di compleanno.

Si incamminò verso la fortezza.

ANNE JONES SFOGLIÒ il taccuino sulla scrivania di Nick, confrontando con cura gli appunti scritti a mano con quelli da lei trascritti. Voltando la testa, osservò: "Sono colpita. Ha fatto molto in poche settimane. La commissione del museo deve essere molto soddisfatta dei suoi progressi."

Nick grugnì una risposta mentre trascinava una grossa cassa fuori dall'armadietto che aveva iniziato a catalogare qualche giorno prima. Da quando aveva scoperto la pergamena con il suo nome sopra, ben poco altro era emerso alla luce. Nemmeno il libro di fiabe. Avrebbe potuto giurare di averlo lasciato nell'armadietto quando aveva portato Isabella a cena, ma ora, tre giorni dopo, non era ancora riuscito a ritrovarlo.

Una volta spostata la cassa in una zona aperta per svuotarla, andò alla ricerca del piede di porco in modo da rimuovere il coperchio. Era stato così distratto dalla principessa e da ciò che era accaduto fra di loro nella pasticceria da essersi completamente dimenticato di ciò che lei aveva detto del *Cavaliere Maledetto*. Non appena la donna gli aveva raccontato la storia, quella sera sulla panchina dell'autobus, lui si era messo in mente di verificare il libro per vedere se contenesse quel racconto. Naturalmente, col fatto che una donna gli aveva sfilato la maglietta per la prima volta da... quanto tempo? Fece un rapido conto a mente e giunse alla conclusione che erano trascorsi quasi quarant'anni da allora, quando lui viveva in un'altra città sotto un altro nome. Beh, cose del genere tendevano a distrarre dalle favole, anche se le favole avrebbero potuto contenere la chiave della sua maledizione.

Ma una volta che era giunto il mattino dopo e Nick aveva concluso il rapporto per la commissione, la sua mente si era spostata sul motivo per cui era venuto a San Rimini. Si era diretto subito verso l'armadietto, aspettandosi che il libro fosse bene in vista, ma non era stato fortunato. Ora, dopo tre giorni interi di ricerche, doveva per forza di cose concludere che, a un certo punto, Isabella aveva cambiato idea e aveva deciso di riprendersi il libro.

"Pessimo tempismo," borbottò ad alta voce. Non poteva certo chiederle di restituirgli il volume, ora. Né poteva presentarsi al suo appartamento e chiedere di dare un'occhiata. Ma doveva sapere del racconto. In secoli di ricerca, non aveva mai trovato una pista più solida. La sua intera esistenza – o almeno la durata di essa – poteva dipendere da esso.

Anne sollevò lo sguardo allarmata. "C'è qualcosa in cui posso aiutarla?"

"No. Parlavo da solo." Nick trasse un respiro profondo, quindi lo esalò lentamente. Trovarsi circondato da così tanti artefatti sanriminesi, molti più di quelli che aveva acquisito in anni di collezionismo a Boston, e vedere il suo nome apparire nel bel mezzo di quegli artefatti lo aveva portato sull'orlo della disperazione. Non era in sé, negli ultimi tempi, e doveva ritrovare l'equilibrio necessario a non lasciarsi sfuggire qualunque cosa potesse essere fondamentale per la sua ricerca.

A pensarci bene – lanciò un'occhiata alla sua assistente dall'altra parte della stanza – nemmeno Anne sembrava in sé da quando era arrivata a San Rimini. A Boston era sempre stata calma, riservata, efficiente. Ma lì, le mura del castello sembravano inquietarla. Sobbalzava al minimo rumore e più di una volta lui l'aveva sorpresa a fissare i contenuti del magazzino come se quel posto fosse pieno di fantasmi invece che di casse. La donna si passava costantemente le mani su vestiti e capelli, come se la polvere potesse infettarla con qualche orribile malattia. Quando lui le aveva presentato la scelta di una stanza o una suite a palazzo, la donna aveva scelto l'albergo senza la minima esitazione.

Probabilmente, Nick non poteva biasimarla. L'ufficio di Boston vantava finestre a parete, un sistema di ventilazione di alta tecnologia, facile accesso a diversi negozi di alimentari e una vista su Post Office Square, dove capitava spesso che Anne pranzasse al sole. L'arredamento volutamente moderno impediva a Nick di concentrarsi su tutto ciò che aveva perso in passato.

Lì erano circondati da quadri di monarchi morti da tempo, dall'odore di tessuti marci e dall'occasionale testa di marmo scolpita. Invece di una scrivania con una visuale panoramica sul distretto finanziario di Boston, Anne doveva fissare una grigia parete di pietra. Fare un salto a prendere un panino era fuori questione, a meno di non voler passare i controlli di sicurezza uscendo e rientrando dall'ingresso dei dipendenti, cosa che la donna sembrava non apprezzare. Arrivava tutti i giorni con un pranzo confezionato acquistato in un piccolo supermercato vicino all'albergo.

Nick individuò il piede di porco e lo appoggiò sopra la cassa. "Facciamo così, Anne. Sei qui sotto da ore. Mi piacerebbe che tu mi aiutassi con un progetto diverso, se non ti dispiace trascorrere del tempo nella biblioteca del palazzo."

La donna si voltò sulla sedia, palesemente ansiosa di uscire dal magazzino. "Sì?"

"Fruga per conto mio nella collezione di libri della famiglia reale e su Internet e vedi se riesci a trovare qualcosa su una vecchia favola sanriminese. Il titolo è *Il Cavaliere Maledetto* o qualcosa di simile."

La donna aguzzò lo sguardo e Nick ebbe l'impressione che un'espressione sospettosa le attraversasse il viso, ma essa svanì prima che lui potesse avere certezza. "Ha detto *Il Cavaliere Maledetto?*"

"Sì. La conosci?"

Anne scosse la testa. Il gesto smosse un frammento di materiale da imballaggio che in qualche modo le era finito fra i capelli. Esso le penzolò di fronte al viso, come un ragno appeso alla sua ragnatela. Infastidita, la donna cominciò a staccarlo dalle ciocche rosse e grigie. "No. Non, ehm, non ne ho mai sentito parlare. Ma non sono esperta come lei."

La donna diede un ultimo strattone alla fibra, quindi la gettò in un cestino. La sua attenzione si spostò alle spalle di Nick, verso gli armadietti. "Pensavo che lei fosse interessato agli artefatti. Non mi aveva mai chiesto di fare ricerche su della letteratura."

"Sto indagando in una nuova direzione. È solo una curiosità."

Anne si accigliò e aprì la bocca come per dire qualcosa, ma apparentemente ci ripensò. Presi borsetta e taccuino, si limitò a dire: "Beh, mi impegnerò a trovarla."

"Grazie."

La donna si sistemò capelli. Poi, raddrizzando la schiena come se rischiasse di incrociare il re in persona, salì le scale diretta verso la biblioteca di palazzo.

Non appena la donna si fu allontanata, Nick tornò alla cassa col coperchio. Strano. Anne non aveva mai messo in discussione le sue richieste. Inoltre, Nick aveva sottovalutato la preferenza della sua assistente per la moderna Boston rispetto agli ambienti più remoti degli edifici storici di San Rimini. Avrebbe dovuto darle un bonus al ritorno.

Non appena il pensiero di Boston gli passò per la mente, lui si maledisse. Non poteva tornare. Non permanentemente, comunque. Se avesse fallito nelle sue ricerche, avrebbe dovuto assumere una nuova identità e ricominciare daccapo. Troppe persone avrebbero sentito parlare di lui in seguito al progetto per il museo. Oppure, Anne avrebbe cominciato a fare domande. L'incidente con Mary la Sanguinaria gli aveva insegnato l'importanza di seguire con diligenza la regola dei quindici-vent'anni che si era imposto.

Lanciato lontano il coperchio della cassa con più energia del necessario, Nick imprecò sonoramente. Non poteva fallire, questa volta. Non poteva e basta. Se avesse passato ancora troppi anni in quell'esistenza fra la vita e la morte, avrebbe perso la testa. E poi, dove sarebbe potuto andare? Avrebbe dovuto scegliere un luogo nel quale gli fosse possibile svanire in mezzo a una folla, dove non gli sarebbero stati chiesti costantemente i documenti e dove il governo locale non tenesse con diligenza i registri. Sfortunatamente, la tecnologia aveva rivoluzionato il mondo negli ultimi vent'anni. Anche con i migliori documenti falsi che il denaro potesse comprare, andando avanti così, nel giro di altri vent'anni non gli sarebbe più rimasto nessun luogo in cui nascondersi.

E poi, se si fosse permesso di pensare al futuro per più di pochi istanti, Nick sapeva che si sarebbe fissato su quanto all'improvviso aveva per vivere. Il pensiero di perdere Isabella, anche se non era che la *avesse* davvero, gli lacerava lo stomaco.

Scostò le montagne di materiale da imballaggio lacerato fino a quando le sue mani non trovarono qualcosa di solido. Avvolte le dita attorno all'oggetto, tirò delicatamente, rendendosi subito conto di aver trovato un altro libro.

"Forza, fiabe," mormorò mentre apriva lentamente la copertina scurita.

Indicium era la parola sbiadita sulla prima pagina. Denuncia. Poi, sotto, *Maleficarum*. Streghe. Processi alle streghe.

Una saetta di dolore lo colpì da una tempia all'altra, prendendo la stessa strada frastagliata che prendevano sempre le sue emicranie. Si concesse un momento per respirare, per ridurre il dolore a qualcosa di basso e costante, quindi scrutò i contenuti del libro. Ci volle uno sforzo per ignorare il dolore mentre la sua mente si colmava delle orribili immagini descritte nel testo. Roghi. Torture. Confessioni estorte. Lunghe prigionie.

I casi documentati nel libro si erano svolti nell'Europa meridionale nel corso dei secoli attorno alla nascita di Nick. Potevano non significare nulla. Oppure tutto.

Dopo essersi costretto a trarre un'altra serie di respiri profondi, portò il libro alla scrivania e indossò i guanti di cotone, cosa che avrebbe dovuto fare nel momento in cui si era reso conto del contenuto della cassa. Con prudenza, cominciò a voltare le pagine dal principio, setacciando ciascuna voce alla ricerca di qualunque cosa potesse dargli un indizio su Rufina.

Sessantasei pagine di orrori più tardi, Nick fece una pausa. Dopo aver letto alcune storie di processi svoltisi in Germania, a Genova e in Spagna, trovò una sezione che non poteva essere ignorata: diciassette donne erano state processate per stregoneria a San Rimini in un frenetico periodo di sei mesi nel 1199.

Solo nove anni dopo che lui era stato maledetto.

Con la vista sfocata dal dolore dell'emicrania, Nick lesse le descrizioni delle accusate – l'aspetto, l'età, la professione – alla ricerca di qualunque dettaglio potesse indicargli la posizione di Rufina, se era stata processata e poi rilasciata.

"Nick?" Sussultò nell'udire un rumore di passi alle sue spalle. "Mi dispiace disturbarla, ma ho trovato quello di cui aveva bisogno."

"Di già?" Nick chiuse il libro prima di voltarsi verso Anne.

La donna lanciò un'occhiata al libro che lui aveva fra le mani, quindi si strinse nelle spalle. "È stato piuttosto facile. Ho fatto una ricerca su Internet con le parole chiave 'Cavaliere maledetto' e 'San Rimini' e ho trovato alcuni siti che ne parlavano. È una fiaba molto antica, che sembrerebbe tipica della zona di San Rimini e Venezia." Gli porse un fascio di fogli. "Ho stampato le informazioni rilevanti."

"Grazie, Anne." Nick deglutì e prese i fogli, anche se non era sicuro di avere la resistenza per assorbire tutte le informazioni che all'improvviso stavano volando nella sua direzione. "So che è presto, ma perché non fai una pausa? Vai a fare una passeggiata in città. Goditi la giornata."

La donna lo guardò incuriosita. "È sicuro? Non è un problema–"

Nick liquidò la protesta con un gesto. "Vai. Meriti un po' di aria fresca." E lui aveva bisogno di riservatezza.

"D'accordo." La donna lanciò una nuova occhiata al libro, poi ai fogli che aveva stampato per lui. "Ma se ritiene di aver scoperto qualcosa di importante, sarei più che felice di–"

"Vattene!" L'ordine gli uscì di bocca con più forza di quanto avrebbe voluto, il che fece sì che la testa gli martellasse con la forza di un cannone. Chiuse gli occhi, poi li riaprì per rivolgere a Anne un'occhiata di scuse. "Mi dispiace. Non avrei dovuto. Credo di essere un po' esausto. Non ho bisogno che tu ti riduca nel mio stesso stato."

"Potrei tornare fra un paio d'ore, tanto per vedere come va." Anne lanciò un'occhiata eloquente alla boccetta di aspirina quasi vuota sulla scrivania. "Se dovessi passare di fronte a una farmacia, gliene prenderò ancora un po'."

"Grazie, Anne. Sei la mia ancora di salvezza."

Non appena il rumore dei passi della donna fu svanito, Nick sfogliò i fogli che lei gli aveva dato. La cosiddetta favola raccontava la sua storia, su quello non c'era dubbio. Doveva riconoscere che la principessa Isabella aveva un'ottima memoria. La storia, in tutte le sue versioni, si svolgeva esattamente come lei aveva raccontato. Maledetto con l'immortalità, il cavaliere era divenuto un reietto, che da quel giorno in poi non era più stato il benvenuto in nessun luogo.

E non infrangeva mai la maledizione. In nessuna versione della storia.

"Alla faccia della variante della bambinaia," borbottò Nick, spingendo i fogli su un lato della scrivania. Forse più tardi avrebbe approfondito personalmente, ma dubitava che avrebbe trovato risposte. Invece, sollevò la linguetta bianca della boccetta di plastica trasparente dell'aspirina, tirò fuori le ultime tre pillole bianche e le inghiottì senz'acqua.

Ignorando il sapore amaro in bocca, riaprì il libro sui processi alle streghe, cercando di non pensare all'agonia di quelle povere donne trascinate via dalle loro case e accusate di stregoneria per questo o quell'altro motivo. Per fortuna, l'umanità si era evoluta nel corso della sua vita.

Nick voltò ancora qualche pagina, trovando una descrizione agonizzante dopo l'altra, fino a quando lo sguardo gli cadde su un passaggio che gli mozzò il fiato.

Il libro descriveva un processo riguardante una donna dai capelli rossi, di all'incirca quarantacinque anni, arrestata lungo il confine sanriminese e accusata di aver ottenuto l'intercessione del Diavolo per favorire la guarigione dei paesani del luogo. Un giovanotto sosteneva che la donna dai capelli rossi, il cui nome non era citato, fosse stata convocata per curare l'emicrania del padre, ma invece avesse sottoposto l'uomo a un incantesimo che lo aveva paralizzato lungo un lato del corpo. Alcuni testimoni sostenevano inoltre che l'anziano avesse cominciato a sbavare incessantemente. Il che, naturalmente, non poteva essere altro che conseguenza della possessione da parte di uno spirito maligno.

Rufina era una guaritrice, ricordò Nick. Era probabile che il vecchio avesse avuto un ictus.

La cosiddetta strega si era dichiarata innocente e aveva chiamato a proprio sostegno diversi testimoni, fra cui il figlio adulto, descritto nel resoconto come un contadino proveniente da un villaggio vicino, che camminava zoppicando.

Nick si massaggiò il punto dolente della testa con il pollice. Quella doveva essere Rufina. La descrizione del villaggio somigliava a quella del villaggio più vicino alla radura in cui lui l'aveva incontrata. Se la donna aveva all'incirca quarantacinque anni nel 1199, doveva averne trentasei quando lui era stato maledetto. E Rufina gli aveva detto che suo figlio aveva quattordici anni.

Nick lesse il resto della discussione, saltando le parti che parlavano della tortura della donna, fino ad arrivare alla conclusione. Gli si serrò il cuore mentre leggeva il verdetto. La commissione di rappresentanti della Chiesa che aveva seguito il caso aveva dichiarato la donna strega ed eretica.

Nick sapeva che Rufina era una strega, o comunque si definisse una persona in possesso di poteri a lui incomprensibili. Ma non potevano averla dichiarata colpevole. Lei non lo meritava. E non lo meritava nemmeno lui.

La stanza prese a ondeggiare di fronte agli occhi di Nick. La testa gli pulsava e un grido soffocato gli sfuggì mentre metteva a fuoco l'ultima riga.

La strega era stata condannata a morire sul rogo nella piazza principale del villaggio locale.

CAPITOLO 9

Isabella augurò a suo fratello più anziano, il principe Antony, buona fortuna per l'incontro con il ministro dell'agricoltura prima di entrare nel suo ufficio. Il pranzo pre-incontro, a cui avevano partecipato diversi membri della famiglia reale e una legione di giornalisti, era stato carico di tensione, perché in parlamento erano in discussione nuove leggi agrarie. Nonostante di solito si interessasse agli affari interni di San Rimini, Isabella aveva faticato a concentrarsi.

Durante la portata dell'insalata, Nerina le aveva messo in mano un biglietto su cui era scritto che Chiara Ascardi desiderava parlarle il prima possibile e che aveva informazioni importanti da comunicarle.

Di fronte ai filetti di tilapia fresca con riso selvatico, Isabella non era riuscita a smettere di rigirarsi nella mente le varie possibilità. Era possibile che Nick fosse stato coinvolto in qualche scandalo finanziario o sessuale durante lo svolgimento del suo ultimo incarico? Di certo, delle verifiche iniziali avrebbero fatto emergere un incidente di tale portata.

Nel corso del dolce, Isabella aveva tormentato il tovagliolo sotto il tavolo mentre il ministro dell'agricoltura discuteva del rischio di esondazioni, chiedendosi quale potesse essere il segreto di Nick e cercando di prevedere il peggio, in modo da essere pronta a qualunque cosa potesse rivelarle la responsabile della sicurezza della Rocca. Ma nessuna di quelle terribili immagini era compatibile con le sue convinzioni riguardo alla personalità di Nick. E nulla di tutto ciò che le venne in mente poteva spiegare le cicatrici fisiche dell'uomo.

Dopo essersi chiusa la porta dell'ufficio alle spalle, corse alla scrivania. Ignorando le notifiche di nuovi messaggi e di e-mail sul cellulare, compose il numero della responsabile della sicurezza.

"Parla Chiara Ascardi."

"Sì, Chiara. Sono la principessa Isabella."

"Vostra Altezza, grazie per avermi richiamata." Il tono di voce della donna era solenne, deferenziale. "Ho fatto alcuni progressi nella mia indagine. Se avete un momento, gradirei incontrarvi di persona per discuterne."

"Ma certo. Sono in ufficio, se è libera."

"Arrivo subito. Sarebbe meglio che fossimo sole, Vostra Altezza."

"Capisco."

Isabella si tormentò il labbro con i denti, calcolando quanto ci sarebbe voluto perché Chiara raggiungesse il suo ufficio. Qualunque cosa avesse scoperto la responsabile, non poteva trattarsi di buone notizie, altrimenti avrebbe potuto comunicargliele al telefono. Per fortuna, Chiara entrò dalla porta aperta qualche minuto dopo, chiudendosela alle spalle quando Isabella annuì per farle capire che andava bene.

"Si accomodi," disse, gesticolando verso una sedia vicina. "Non c'è bisogno di formalizzarsi. Mi pare di capire che ha scoperto qualcosa di concreto."

"Giudicate voi." Chiara le porse una cartelletta, che Isabella accettò.

"Queste sono le sue scoperte sul signor Black?"

"Sì. O meglio, quello che non ho scoperto." Quando Isabella si accigliò, la donna spiegò: "In tutti gli anni che ho trascorso verificando i trascorsi delle persone, non mi era mai capitato di trovare una persona così. Ho trovato un codice fiscale americano e verificato l'assenza di precedenti penali. Tutti i normali controlli che eseguiamo sui dipendenti non hanno fatto emergere nulla di notevole."

"Ma?"

"Indagini più approfondite hanno fatto affiorare delle irregolarità. Poiché il signor Black è americano e fra i nostri governi c'è un accordo di collaborazione, ho chiesto a un amico agente federale di svolgere un controllo più approfondito tramite un'agenzia privata a cui si appoggia. Tutti i documenti riguardanti Nick Black risalgono al massimo a otto anni fa. Non è normale. Quell'uomo non ha famiglia e non risultano certificati di proprietà o titoli di studio a suo nome. Le sue dichiarazioni dei redditi sono inesistenti, con l'eccezione di quelle collegate alla sua attività, e tutto è intestato al curatore della sua collezione, Roger Farris."

Isabella incrociò le gambe all'altezza della caviglia, nella posa neutra che generalmente utilizzava durante le interviste, e cercò di mantenere un'espressione rilassata, nonostante il suo stomaco volesse all'improvviso restituire il pranzo al mittente.

"Come interpreta lei tutto questo?"

La responsabile della sicurezza esalò un lungo respiro; era palese che stava cercando il modo migliore per esprimere le sue conclusioni. "Quell'uomo si è impegnato profondamente a non esistere sulla carta, Vostra Altezza. Per la maggior parte del mondo, è invisibile."

Isabella osservò il volto di Chiara, cercando di assorbire l'informazione. "Potrebbe essere un criminale? Un individuo in fuga dalla legge?"

"Ne dubito. Solitamente, i criminali non sono così abili nel far perdere le loro tracce. Al contrario, all'inizio ho creduto che avesse un passato nella CIA. O nel programma di protezione dei testimoni degli Stati Uniti. Che la sua identità fosse stata cancellata per una ragione."

"Ma ora non lo crede più? Perché?"

"Ho verificato presso i miei contatti negli Stati Uniti. Loro non rivelerebbero mai l'identità di una persona che sono stati incaricati di coprire, ma mi hanno fornito informazioni sufficienti da portare alla conclusione che il signor Black non è un testimone. Né un ex-agente." Chiara si sporse in avanti, allungando una mano verso la cartelletta. "Posso?"

"Certo."

"Ho usato la foto scattata per il pass del signor Black come punto di partenza per una ricerca. Questa viene da un'emeroteca del New Jersey. Dopo averla vista, tutte le mie ipotesi sono volate fuori dalla finestra." Chiara estrasse dalla cartelletta una fotografia in bianco e nero grande più o meno come il palmo della sua mano, la mise sopra la cartelletta e restituì entrambe a Isabella. "Non riesco a trovare una spiegazione."

Isabella fissò il volto nella fotografia, ammutolita.

"Anche io ero perplessa," ammise Chiara. "L'uomo nella fotografia usava un nome leggermente diverso: Dan Black. Pensavo che potesse essere un parente, dato che non ho mai visto due persone più simili fra loro. Ho cercato di rintracciarlo tramite il suo datore di lavoro, pensando che avrei potuto approfittarne per conoscere meglio Nick, ma l'azienda non esiste più. Dan Black non ha mai avuto un codice fiscale. Non ho trovato alcun documento che lo riguardasse. Nemmeno un certificato di nascita o di morte." L'addetta alla sicurezza gesticolò verso la cartelletta. "So che non volete che re Eduardo sappia di questa indagine e ho onorato la vostra richiesta. Ma credo che vostro padre dovrebbe essere informato. Potrebbe essere una questione di sicurezza nazionale."

Nick? L'uomo possedeva l'intelligenza e l'accesso necessari a costituire una minaccia per la famiglia reale, ma Isabella aveva dovuto fare il diavolo a quattro per convincerlo a lasciare gli Stati Uniti. Era stata *lei* a cercare *lui*. Se l'uomo avesse voluto recare danno alla famiglia, avrebbe già avuto innumerevoli occasioni di farlo.

Isabella scosse la testa. "No. Le sue scoperte mi lasciano perplessa, lo ammetto, ma non credo che il signor Black abbia intenti nefandi. Preferirei occuparmene personalmente."

"Vostra Altezza, qualcosa vi ha spinta a rivolgervi a me. Qualcosa che non andava in quell'uomo. Se gli presenterete queste scoperte, potreste mettervi in grave pericolo. Per quanto ne sappiamo—"

Isabella sollevò una mano, bloccando l'obiezione. "Per quanto ne sappiamo, l'uomo in questa foto è *davvero* un parente. E anche lui potrebbe aver avuto la necessità di essere protetto."

Chiara strinse i denti. Era la stessa espressione che assumeva quando il re sosteneva la necessità di allentare la sicurezza del palazzo per far sentire gli ospiti maggiormente a loro agio. "Sarei più tranquilla se mi permetteste almeno di parlare per prima con il signor Black. Ho esperienza in questo genere di cose. Dovrei essere in grado di estrarre ulteriori informazioni senza suscitare sospetti."

"Ha già fatto ben più di quello che le imponeva il dovere, Chiara. Mi stupisce che sia riuscita a scoprire così tanto in soli tre giorni. Ma le assicuro che posso occuparmene io. Se dovessi aver bisogno di qualcosa, qualunque cosa, o ritenessi che la mia sicurezza fosse a rischio, la informerò immediatamente." Isabella si alzò, mettendo in chiaro che la sua decisione era definitiva.

"Ve ne sono grata, Vostra Altezza. Vi prego di essere prudente."

"Lo sarò."

Una volta rimasta sola, Isabella inviò un breve messaggio a suo padre per rimandare il loro appuntamento a cena, promettendogli di riprogrammare il prima possibile. Poi, informò Nerina del cambio di programma. Una volta fatto, si sedette alla sua scrivania e studiò il fascicolo, leggendo tutte le informazioni una pagina alla volta e poi rileggendole, compresa la stampa dell'articolo di giornale originalmente corredato dalla fotografia. Non aveva senso. Tirò fuori la fotografia per esaminarla più da vicino. L'immagine dell'uomo che trasportava una barella era molto simile a Nick, eppure era palese che non si trattava di lui. Presa una lente di ingrandimento dal cassetto, Isabella ispezionò attentamente la fotografia. Diverse cicatrici rialzate si incrociavano sul dorso della mano destra dell'uomo, con la quale egli afferrava un lato della barella.

Isabella chiuse gli occhi ed esalò un respiro tremante. Nick aveva decisamente dei segreti. Segreti più grandi di quanto lei avesse mai immaginato. E nonostante l'ammonizione di Chiara Ascardi, ora sapeva che doveva scoprire la verità. La domanda era come farlo.

Sfiorò con un dito la foto, desiderando di poter dare conforto a Nick o almeno aiutarlo in qualche modo. Soffriva all'idea che egli dovesse portare quel peso – qualunque esso fosse – da solo.

Isabella rimise la lente di ingrandimento nel cassetto assieme al fascicolo, si mise la foto in tasca e chiuse a chiave il cassetto.

ANNE ENTRÒ nel magazzino e mise una piccola boccetta verde con un'etichetta in italiano nel palmo della mano aperta di Nick. "Non ho trovato la marca che usa di solito, ma questo dovrebbe funzionare."

"Sempre di aspirina si tratta," disse lui, per poi posare la boccetta sulla scrivania. A quel punto, ben poco poteva attenuare il dolore. Esso scendeva dalla testa per infiltrarsi in ogni osso e muscolo del suo corpo. "Grazie per essere tornata a portarmela. Il pomeriggio è stato piacevole?"

La donna lanciò un'occhiata ai documenti che lui aveva messo da parte per distruggerli. "Meglio del suo, sembrerebbe. Posso fare qualcosa?"

Nick tacque mentre controllava mentalmente il suo elenco. "Se non è troppo disturbo, ho bisogno del numero di telefono del Dipartimento di Studi Classici dell'Università di San Rimini. Ma non c'è fretta. Va bene anche domani."

"Nessun problema. Torno subito." Anne fece per allontanarsi, ma si fermò sulla soglia e lo guardò mentre estraeva diversi fascicoli dal cassetto della scrivania. "Posso chiederle cosa c'è che non va?"

Nick posò i fascicoli in cima alla pila di documenti e testi di riferimento che già colmavano una scatola di cartone appollaiata sulla sedia della scrivania, quindi rispose all'occhiata preoccupata di Anne con un sorriso rassicurante. "Nulla, di per sé. Tuttavia, per motivi che per il momento preferirei tenere per me, ho deciso di abbandonare la mia posizione qui. Voglio contattare un professore che ho consultato per chiedere se conosce qualcuno da raccomandare per l'incarico. Non appena avrò trovato un sostituto e potrò consegnare i miei appunti, torneremo a Boston."

"Capisco," mormorò Anne, anche se dalla sua espressione era evidente che non capiva per niente.

"Mi dispiace di non avertelo detto," si scusò lui, sapendo che Anne doveva essere molto preoccupata, altrimenti non avrebbe mai discusso le sue decisioni. "Ho preso questa decisione mentre tu eri fuori e volevo trovare prima di tutto un sostituto adeguato, dato che non voglio che le mie decisioni rallentino l'espansione del museo."

"Ha informato la principessa della sua decisione?"

"No. Ma lo farò non appena avrò parlato con il professore. Sono sicuro che ci siano esperti pronti a fare carte false per

questo lavoro. Voglio solo che la principessa si renda conto..."
Nick si interruppe quando capì che stava per dire che voleva
che la principessa si rendesse conto che lei non c'entrava nulla,
anche se in realtà c'entrava tutto.

Se fosse rimasto a San Rimini, avrebbe potuto scoprire
qualche altro elemento utile alla sua cerca, ma considerato ciò
che aveva già scoperto – che Rufina era morta da quasi tanto
tempo quanto lui era vivo – ciò era molto improbabile, se non
impossibile. Secoli di sacrifici non avevano funzionato. Doveva
giungere alla conclusione che, quando Rufina era morta, la
possibilità di infrangere la maledizione era morta con lei.

Ogni giorno in cui sarebbe rimasto lì, alla ricerca di una
risposta che probabilmente non esisteva, avrebbe corso il
rischio di essere scoperto. Non poteva più accettare quel
rischio. Non per se stesso, non per Anne o Roger – che sicuramente sarebbero stati interrogati riguardo alla sua identità – e
di sicuro non per la principessa Isabella.

Ogni giorno in cui sarebbe rimasto lì avrebbe significato
anche più tempo trascorso vicino alla principessa, sapendo che
non avrebbe mai e poi mai potuto averla. Sapendo che avrebbe
dovuto prendere le distanze per impedire che si innamorasse di
lui tanto profondamente quanto lui si era innamorato di lei.
Non sapeva se sarebbe stato in grado di superarlo, non dopo
che aveva perso Coletta.

"Che si renda conto?" lo pungolò Anne.

Nick fece spallucce e lasciò cadere un metro a nastro nello
scatolone. "Che non sono indispensabile al progetto,
immagino."

"La principessa Isabella potrebbe avere qualcosa da obiettare. Ha fatto grandi sforzi per ingaggiarla."

"Beh, farò del mio meglio per fornire al mio successore le
stesse risorse che ho avuto io. Potrei anche raccomandare Roger
per il lavoro. È molto qualificato."

Nick piegò i lembi dello scatolone, sovrapponendoli in

modo che il coperchio non si aprisse da solo. Anne continuava a guardarlo. Rughe gemelle di preoccupazione corrugavano lo spazio fra le sue sopracciglia. "Non accadrà dall'oggi al domani," le disse lui. "Mi ci vorranno diversi giorni per mettere in ordine gli appunti sul lavoro che ho già completato. Nel frattempo, tu sarai libera di vedere la città. Gioca d'azzardo, siediti sulla spiaggia, gira i musei. San Rimini è un Paese meraviglioso, almeno fuori da questa vecchia stanza gelida. Dovresti approfittarne." Non che lui volesse pensare alla sabbia bianca di San Rimini o ai suoi eleganti casinò, non se non poteva condividerli con Isabella o godersi una serata come quella che avevano trascorso al caffè all'aperto.

"Non c'è nulla che io possa fare?"

Nick dovette fare uno sforzo erculeo per sorridere. Doveva convincere Anne che non fosse accaduto nulla di straordinario, che lui avesse semplicemente preso una decisione di affari. "Non credo. Potresti sempre controllare i voli e prenotare un posto per tornare a Boston all'inizio della settimana prossima. Altrimenti" – mosse la mano nella direzione generale della Strada il Teatro – "la tua vacanza ti attende."

La donna annuì lentamente, come per assimilare quel cambiamento. "Controllerò le opzioni e prenoterò il volo questa sera."

"Non c'è fretta."

A quelle parole, Anne girò sui tacchi bassi e se ne andò. Nick spostò lo scatolone sulla scrivania e lo etichettò, cercando di concentrarsi su quello che stava facendo. Ma quando intravide il vecchio libro medievale sull'angolo della scrivania e pensò alle descrizioni delle accusate di stregoneria bruciate vive, un sapore sgradevole gli colmò la bocca e la sua testa ricominciò a martellare. Nel giro di qualche istante, abbandonò lo scatolone e afferrò il cestino della spazzatura, vomitando.

Si sedette sul pavimento, cullando il robusto bidone di metallo. Quando ebbe la sensazione che il suo stomaco fosse vuoto, trasse diversi respiri profondi, mollò il cestino e fissò l'alto soffitto ad arco. Si chiese dove fosse stata imprigionata Rufina. Se aveva il potere di maledirlo con l'immortalità, perché non era fuggita? Di sicuro, nessuna fortezza o prigione avrebbe potuto trattenerla.

E ora che era morta, si chiese, cosa ne sarebbe stato di lui? Sputò un'ultima volta nel cestino, poi si pulì la bocca con il braccio. Non c'era da stupirsi che tutti i suoi anni di sacrifici non fossero serviti a nulla. Avrebbe potuto sacrificarsi per un altro millennio e la maledizione non sarebbe terminata, se la morte di Rufina significava che essa non poteva essere infranta.

Emise una risata autoironica. Cosa avrebbero pensato i professori dell'Università di San Rimini della sua situazione? I loro uffici erano pieni di trattati sulla storia del Paese, il che faceva di loro i consulenti perfetti mentre lui andava alla ricerca di Rufina. Ma cosa avrebbero detto se lui avesse chiesto: "Ehi, stimati studiosi, cosa dice la scienza riguardo alle antiche maledizioni sanriminesi? Qualcuno ha condotto uno studio su come infrangerle? La maledizione in questione fu lanciata gettando una polvere verde urticante addosso alla vittima. Ci sono delle ipotesi? Qualcuno ha un documento di sintesi? Qualcuno vuole gettarmi in una stanza imbottita e buttare via la chiave? Il sottoscritto durerà più a lungo dell'imbottitura. Probabilmente, durerà più a lungo della serratura."

Usò il piede per far scivolare il cestino metallico sul pavimento fino al suo solito posto dietro la scrivania. Piegando la testa all'indietro fino a toccare la dura parete di pietra, chiuse gli occhi.

Un'immagine di Isabella diTalora colmò il suo campo visivo. La simpatica coda di cavallo ondeggiante e gli occhiali incredibilmente nerd dalla montatura nera, la gioia sul suo viso per una semplice cena in incognito al ristorante. La voglia e il desiderio nei suoi occhi mentre le dita le vagavano per il petto di Nick. Il gonfiore del labbro inferiore dopo che si erano baciati sul retro della pasticceria.

Il pizzo elegante del reggiseno. I movimenti del suo petto mentre si protendeva verso di lui.

Nick si sfregò i pugni contro le orbite oculari mentre i suoi pensieri si facevano carnali. No, non sarebbe sopravvissuto ancora molti anni senza poter condividere emozioni umane, senza toccare una donna o veder ricambiato il proprio affetto. Senza poter abbracciare Isabella.

Le lacrime gli bruciarono negli occhi e, per la prima volta di cui avesse memoria da quando era ragazzo, lasciò ricadere la testa sulle ginocchia e le lasciò scorrere. Una volta cominciato, tutti e ottocento gli anni di frustrazione e solitudine seguirono.

Isabella si fermò in cima ai gradini di pietra. La porta del magazzino era stata lasciata socchiusa e, dall'interno, lei udì quello che sembrava un grido animalesco di agonia. Si guardò alle spalle, verificò che il corridoio fosse vuoto, quindi aprì lentamente la porta quanto bastava per entrare. Sempre lentamente, per non farsi sentire, scese i gradini in ombra, per poi sbirciare attorno alla porta del magazzino.

Quello che vide le fece dolere il cuore e le colmò gli occhi di lacrime di compassione. Aveva visto suo padre piangere una volta, il mattino dopo la scomparsa di sua madre. E aveva osservato la battaglia emozionale di Federico dopo che questi aveva perso Lucrezia. Ma non aveva mai visto un uomo così palesemente sconvolto come Nick Black.

L'uomo non la vide affiancarsi a lui. Quando Isabella si inginocchiò, lui ebbe un sussulto di stupore, ma senza dire una parola lei prese il suo corpo massiccio fra le braccia e gli passò le mani sui morbidi capelli neri, sperando che la sua presenza potesse dargli un minimo di pace. L'uomo si zittì all'istante, anche se il suo petto continuò a muoversi affannosamente e il suo respiro era ancora rantolante.

"Dovresti andare, principessa. Non è–"

"Va tutto bene," gli mormorò lei nei capelli.

"Ho solo ricevuto delle brutte notizie." L'uomo sollevò la testa dalle ginocchia piegate, ma non la guardò. "Non ho perso la testa o qualcosa di simile."

"Ho il sospetto che tu sia l'ultima persona che possa 'perdere la testa.'" A quelle parole, la bocca di Nick ebbe un guizzo e a ciò seguì la solita risata autoironica che lei aveva sentito per la prima volta nell'ufficio dell'uomo, quando gli aveva detto che il lavoro sarebbe stato l'occasione di una vita.

"Ha qualcosa a che vedere con quello che non volevi dirmi nella pasticceria l'altra sera, vero?"

L'uomo si voltò verso di lei. La pelle agli angoli dei suoi occhi era contratta dalla stanchezza e aveva le borse sotto gli occhi per la mancanza di sonno. Isabella notò che la consueta bottiglietta di aspirina in plastica trasparente sulla scrivania era stata sostituita da una verde e si chiese se le emicranie stessero peggiorando, considerato il palese livello di stress di Nick.

"Ma continui a pensare di non potermelo dire."

"Vorrei poterlo fare, principessa, ma non è il momento–"

"Sospetto che tu abbia tempo in abbondanza." Isabella lasciò cadere il posteriore sul pavimento accanto a lui, estrasse la fotografia in bianco e nero dalla tasca dei pantaloni e la tese di fronte a sé, dove potevano vederla entrambi. "Sei tu, vero?"

Per un attimo, l'uomo non rispose. Si limitò a fissare la fotografia. Quando parlò, la voce gli uscì di bocca gracchiante. "Dove l'hai trovata?"

"Ho svolto alcune verifiche sul tuo passato." Prima che lui potesse dire qualcosa, lei gli afferrò l'avambraccio. "Non è come pensi, Nick. Mi fido ciecamente di te. Ero solo preoccupata. Credo che ormai, tu mi conosca abbastanza bene da renderti conto che non so resistere alla tentazione di aiutare chiunque ne abbia bisogno."

La gola dell'uomo si mosse mentre lui le prendeva la foto dalle mani. "Chi l'ha trovata?"

"Chiara Ascardi, la responsabile della sicurezza di mio padre. È l'unica ad averla vista e le ho estorto una promessa di segretezza. Ci si può fidare di lei."

Nick aggrottò la fronte mentre rifletteva. "Cos'altro ha scoperto?"

"Che sei fondamentalmente un uomo invisibile. Nessun certificato di nascita – autentico, perlomeno – niente genitori. Non ci sono tracce di te prima che arrivassi a Boston."

"E questa Chiara Ascardi ha scoperto tutto da sola?"

"Sì."

Nick si rigirò la foto fra le dita, palesemente molto nervoso. "Immagino che tu abbia molte domande."

Isabella lasciò che le sue dita scivolassero sull'avambraccio forte, solido di Nick. Nonostante si conoscessero da poco tempo, lei si sentiva a proprio agio in sua presenza. Persino in quel momento, quando l'uomo sembrava emotivamente esausto. "Questa foto è stata scattata nel 1937, Nick. Ma tu non sei invecchiato nemmeno di un giorno."

L'uomo la fissò, lo sguardo ombroso che confermava le sue parole senza necessità di parlare. "Avrebbe dovuto essere una giornata entusiasmante," esordì a bassa voce, abbassando il mento, per poi sfiorare i contorni della fotografia con un dito. "Lavoravo alla Lakehurst Naval Air Station come infermiere volontario. L'Hindenburg sarebbe dovuto arrivare quella sera. Ne parlavano tutti. Non vedevano l'ora che arrivasse il dirigibile. Ci chiedevamo quanto fosse grande e parlavamo dei principi alla base del suo funzionamento. C'erano interi gruppi di giornalisti pronti a documentarne l'arrivo."

Isabella gli tenne una mano sul braccio mentre lui esalava un lungo respiro. "L'incendio fu immenso, fulmineo e mostruoso.

Fu come se l'aria stessa si fosse tramutata in fuoco. Il dirigibile era ancora ad alta quota quando prese fuoco... Ci attivammo il più rapidamente possibile, ma sapevamo che non avremmo potuto salvare tutti. Non c'era via di fuga. Coloro che arrivarono vivi a terra erano spaventosamente ustionati." Il suo braccio ebbe un guizzo mentre aggiungeva: "A volte sento ancora l'odore del sangue e della carne bruciata. Era... era nauseabondo."

La passione e l'orrore nella voce dell'uomo la ammutolirono.

Un attimo dopo, lui scosse la testa, come se così facendo potesse togliersi quelle immagini dalla mente, e quando parlò, lo fece in tono meccanico, come se avesse disattivato le proprie emozioni. "Un fotografo mi scattò una foto mentre soccorrevo una delle vittime. Lo scoprii solo dopo, quando la foto fu pubblicata sul giornale locale. La vostra responsabile della sicurezza è molto brava. Credo che questa sia l'unica mia fotografia mai diffusa in pubblico. Fortunatamente, non raggiunse mai *Life* o il *New York Times*. Sono stato molto attento–"

"Quanti anni hai?"

L'uomo emise una risata sarcastica, poi scosse la testa. "Non mi crederesti mai, che io ti dica che ne ho ventisette o centoventisette, per cui fidati: non vale la pena chiederlo."

"Nick–"

L'uomo si alzò talmente in fretta che la mano di Isabella le rimbalzò sul ginocchio quando gli scivolò via dal braccio. "No. Ti ho detto che ho bisogno di riservatezza. Capisco che tu possa essere preoccupata per la tua sicurezza, ma non ho mai fatto nulla che potesse spingerti a dubitare di me. Ma se dovessi rispondere alla tua domanda, faresti venire qui la tua responsabile della sicurezza con tutta la sua squadra per farmi rinchiudere. Anzi" – Nick gesticolò verso una scatola di cartone posata sulla scrivania – "ho deciso che, nonostante l'opportunità meravigliosa che mi hai offerto, non posso restare. Volevo parlartene non appena avessi trovato un altro esperto che potesse continuare il mio lavoro, in modo che il progetto–"

Isabella non udì le ultime parole, da tanto forte era la rabbia che la attraversava. Si alzò, erigendosi in tutta la sua altezza, anche se la sommità del suo capo arrivava a malapena al mento di Nick. Nel tono più autorevole e indiscutibilmente principesco a sua disposizione, disse: "No. No, tu non te ne andrai, e no, nessuno ti rinchiuderà. Ma voglio sapere qui e ora che cosa sta succedendo. Voglio la verità."

L'uomo si ritrasse e, prima di riuscire a trattenersi, lei gli intrappolò il volto fra le mani e premette i pollici sulla sua pelle ruvida di barba. Non abbastanza per fargli male, ma abbastanza perché lui percepisse l'intensità delle emozioni che la attraversavano. "Qualunque sia il tuo segreto, puoi dirmelo. Io ti crederò."

Paura e dubbio invasero in pari misura gli occhi dell'uomo. Lei scosse la testa, poi pronunciò le parole che non aveva mai creduto di poter pronunciare. "Ti amo, Nick Black... o qualunque sia il tuo nome. Qualunque sia la tua età. Ti amo con tutto il cuore. Hai fatto per me più di quanto tu sappia e io mi fido di te. Se c'è un modo per dissolvere il tuo dolore, voglio farlo."

Gli occhi dell'uomo brillarono, ma lui non si scrollò di dosso il suo tocco. "Sono nato nel 1163, Vostra Altezza. Se volete sapere quanti anni ho, fate i conti. Non esistono amore o comprensione che possano cancellare quel fatto o il dolore che vi si accompagna. Vorrei che non fosse così."

Involontariamente, Isabella fece un passo indietro, le mani che ricaddero sulle spalle dell'uomo e poi lungo i fianchi. Nick non poteva aver detto quello che lei pensava. Non era possibile.

Ma c'era quella fotografia.

"Hai detto 1163?"

"Uno, uno, sei, tre." L'uomo mosse il braccio in un ampio gesto e rise, ma era una risata sarcastica. "Vuoi la verità? C'è un'ottima ragione per cui conosco ogni singola carabattola in questa stanza. Perché so impugnare una spada e so dirti quanti giorni impiegasse un monaco medievale a trascrivere un sermone o miniare un manoscritto. Non è perché io sia laureato. Non ho mai scritto una tesi o seguito una singola lezione di storia. L'ho vissuto. Ho vissuto tutto quanto. Questa, cara principessa, è la verità."

CAPITOLO 10

IL CUORE di Isabella gli credeva. Ma mentre lei seguiva con lo sguardo il movimento del suo braccio e osservava gli arazzi lisi, l'argento macchiato e la pergamena odorosa risalente a secoli prima, il suo cervello non glielo permise. "Nick, vorrebbe dire che hai quasi mille anni. È ridicolo."

"Ne ho molti meno di mille," disse l'uomo, per poi aggiungere in tono più serio: "Ora dimmi che mi credi. Dimmi che non pensi che io sia pazzo."

Isabella scosse lentamente la testa, pensando a ogni singola parola da lui pronunciata da quando si erano conosciuti, a ogni suo gesto. "No, so che non sei pazzo."

Lanciò un'altra occhiata alla boccetta di aspirina sulla scrivania. L'uomo se ne accorse e si recò alla scrivania.

"Se stai cercando di convincere te stessa, è comprensibile." Nick le prese la boccetta fra l'indice e il medio e la sollevò. "Ti ho detto che mi sono ferito alla testa molto tempo fa. *Molto* era un eufemismo. Sono caduto da cavallo agli inizi del 1191. Sono rotolato lungo una collina e sono rimasto per giorni fra i sassi e i cespugli prima che dei bambini mi trovassero e mi portassero a casa di uno di loro. Se non fosse stato per la maledizione, probabilmente non sarei sopravvissuto. È per questo che ingoio questa roba come se fossero caramelle. Non posso esattamente entrare in uno studio medico e raccontare quello che mi è successo. Per cui, sopporto le emicranie. Perché è questo che sono: emicranie, non allucinazioni, anche se ci sono giorni in cui preferirei soffrire di allucinazioni che essere immortale. Ma non posso scegliere."

Prendere la bottiglia dalle dita dell'uomo e appoggiarla sulla scrivania le diede un momento per riflettere. Isabella si lasciò cadere sulla sedia della scrivania, cercando di mantenere una mentalità aperta nonostante quello che diceva Nick fosse impossibile. "Che significa 'la maledizione?' Vuoi dire che non invecchi – che sei *immortale* – perché sei stato maledetto?"

"È proprio quello che sto dicendo. Ora capisci perché non mi espongo in pubblico, perché non parlo del mio passato. Verrei classificato assieme a quei poveretti che se ne stanno in mezzo al deserto aspettando disperatamente che gli UFO vengano a prenderli per portarli al loro pianeta natio."

"Raccontami tutto. Per favore."

Nick la trafisse con lo sguardo, ma lei si rifiutò di vacillare. L'uomo la stava mettendo alla prova, con ogni parola e con ogni occhiata. Finalmente, disse: "Prima devo avere la certezza che tu mi creda. Parlartene mi mette in grave pericolo. È già abbastanza grave che la responsabile della sicurezza di tuo padre sappia che c'è qualcosa di strano in me."

Isabella respirò profondamente l'aria fredda del magazzino. Quanti pomeriggi aveva trascorso in compagnia di specialisti della salute mentale, documentandosi sulla diffusione del problema, sulla diagnosi e la cura delle malattie mentali e su ciò che poteva fare per aiutare? La sua educazione al riguardo, controbilanciata dal tempo che aveva trascorso da sola con Nick, creava un conflitto in lei. Un esperto di salute mentale sarebbe giunto immediatamente alla conclusione che l'uomo soffrisse di allucinazioni, ma guardandolo in quel momento, lei non era così sicura.

"Tu credi a quello che stai dicendo. Se mi racconterai la tua storia, anch'io ci crederò. E giuro che, se tu non vorrai che io ne parli con altri, non lo farò." Isabella si tracciò una X sul petto con l'indice. "Croce sul cuore e che mi prenda un colpo."

"Cos'è, una battuta?" Nick le sorrise, ma un muscolo guizzava nella sua mascella, tradendo il suo disagio.

Isabella tese la mano. "Ne hai mai parlato con qualcuno?"

L'uomo guardò le sue dita tese per un attimo, quindi la sorprese prendendole la mano e baciandola. "Un paio di volte, agli inizi. Solo mia moglie conosceva tutta la storia. È sempre andata male, soprattutto nel suo caso. Ho imparato la lezione."

"Sei stato sposato?" La gelosia la punzecchiò, ma nello stesso momento lei si rese conto che la moglie di Nick doveva essere morta da tempo e che lui era stato costretto a subire la perdita di un coniuge, proprio come era successo a suo padre e a Federico. "Come si chiamava?"

L'uomo si scrollò con troppa noncuranza, cosa che non fece altro che sottolineare la profondità del suo lutto. "Non importa."

Attirandolo più vicino a sé, Isabella bisbigliò: "Voglio saperlo comunque. Voglio sapere tutto."

"Perché?"

Lei sollevò il mento. "Tu sei la prima persona che abbia mai capito la mia solitudine. Come potessi essere circondata da persone, eppure al tempo stesso isolata. Ora so perché."

L'emozione guizzò negli occhi dell'uomo e lei si alzò dalla sedia per sfiorargli le labbra con un bacio rassicurante. "Nick, tu hai portato via la mia solitudine quando io credevo che le circostanze lo rendessero impossibile. Lascia che io porti via la tua. O che almeno ci provi."

Nick appoggiò la fronte alla sua. In quel momento, lei avvertì il cambiamento in lui.

Sottovoce, l'uomo disse: "Il mio nome era Domenico. Domenico di Bollazio. E un tempo era un cavaliere."

"Il Cavaliere Maledetto."

"Il Cavaliere Maledetto."

Nick parlò per tre ore. Dapprima fu titubante, ma una volta resosi conto che lei non lo avrebbe interrotto e che voleva davvero conosce la sua storia, si lasciò trasportare. Cominciò dall'inizio, quando re Bernardo lo aveva convocato a un incontro segreto e gli aveva affidato l'incarico di consegnare un comunicato a Riccardo Cuor di Leone. Due giorni dopo, l'uomo aveva incontrato Rufina. Inizialmente, Nick non aveva creduto alla maledizione: non aveva mai attribuito grande valore alle storie di streghe dai poteri mistici. Ma col passare del tempo, quando lui era rimasto giovane mentre coloro che lo circondavano – compresa la sua bella moglie – invecchiavano e morivano, era stato costretto ad accettare la verità.

Mentre l'uomo descriveva la strega, ciò che gli era accaduto nei boschi con la sua famiglia e poi gli anni trascorsi a vagare per l'Europa, Isabella sentì crescere l'ammirazione nei suoi confronti e gli ultimi dei suoi dubbi svanirono. Nessuno avrebbe potuto inventare una storia come quella di Nick – almeno, non corredandola con tali e tanti dettagli storici.

E poi, con l'eccezione dell'incredibile fatto che aveva più di ottocento anni, tutto ciò che Nick diceva combaciava con qualcosa di specifico da lei notato. La sua reazione alla vista della fortezza, la sua conoscenza degli artefatti – compresa l'originalità della porta del magazzino – e persino le prove fisiche del fatto che aveva ricevuto pessime cure mediche agli inizi della sua vita. Come cavaliere del dodicesimo secolo, era stato fortunato ad arrivare a ventisette anni, l'età a cui era stato maledetto, considerato che aveva iniziato a combattere alla tenera età di quindici.

A farla soffrire di più, tuttavia, era il fatto che Nick si era arreso. Dopo secoli trascorsi a lottare contro la maledizione, a sacrificarsi come nessun uomo aveva mai fatto e, finalmente, a cercare le risposte tramite la ricerca scientifica, aveva ammesso la sconfitta. Proprio lì, sul pavimento di quella che era stata l'armeria del palazzo, dove egli aveva trascorso diversi degli anni della sua gioventù. Ora Isabella capiva perché il pianto che aveva udito era colmo di una tale disperazione.

"Resta, ti prego," lo incoraggiò una volta che lui ebbe finito il racconto. Erano entrambi seduti sul pavimento, ora, spalla a spalla, la schiena contro la parete di pietra. "Potresti trovare qualcos'altro, qui. Qualcosa che potrebbe infrangere la maledizione. E se vorrai, potrai usufruire del mio medico personale. Lo conosco da quando era bambina. Ha firmato un accordo di riservatezza con la mia famiglia molto tempo fa e non lo ha mai violato. Se gli chiederò di tenere per sé la tua condizione, lui lo farà. Potrà fornirti le cure mediche di cui hai bisogno per le tue emicranie."

Gli mise una mano sul ginocchio e incrociò il suo sguardo cupo e sofferente. "Hai patito abbastanza, non credi?"

"Non lo so. Per infrangere la maledizione, dovrei fare dei sacrifici." La voce dell'uomo era piatta nell'aggiungere: "A causa delle mie azioni, delle mie scelte, un giovane uomo è morto. O almeno credevo che fosse morto, fino a quando non ho letto il resoconto del processo. Lui era innocente. E anche Rufina lo era."

"Ti sei già punito abbastanza. Molto più di quanto avrebbe potuto fare Rufina."

Nick deglutì sonoramente. Era calata la sera e la luce che filtrava dalla finestra alta aveva tracciato il suo sentiero sul pavimento ed era sparita. "Non hai idea di quanto sia allettante la tua offerta, ma il rischio è troppo grande. Se dovessi restare, può darsi che i media ne vengano a conoscenza. Se dovesse esserci anche solo un sentore del fatto che qualcosa non va in me – se un dipendente del palazzo entrasse qui e lo scoprisse – loro continuerebbero a setacciare fino a trovare qualcosa da imputare a te. Sarà come quello che è successo ad Harvard, ma mille volte peggio."

"Non mi importa." Isabella si rendeva conto che la sua voce era quasi isterica e cercò di abbassare il volume. "Non posso lasciarti andare, Nick. Per quanto abbia paura di quello che potrebbero dire i media, io ti amo troppo. Nell'ultima settimana, quando mi hai portata a cena in quel ristorante vicino all'università e io ho potuto camminare per la città senza sentirmi osservata e con te al mio fianco, mi sono resa conto che non sto vivendo una vita completa. Voglio che tu resti per me, *con* me, quanto voglio che tu resti per il tuo interesse."

"È questo che mi spaventa. Mi si è spezzato il cuore nel vedere mia moglie che rinunciava ai suoi amici, la sua vita sociale – persino al sogno di avere un figlio – perché pensava di dovermi restare accanto fino a quando la maledizione non fosse stata spezzata. E invece è stata lei a spezzarsi."

L'uomo si protese verso di lei, passando le dita lungo la curva della guancia per poi ravviarle un ricciolo dietro l'orecchio. Sebbene il suo tocco fosse gentile, la serietà della sua espressione fece precipitare il cuore di Isabella. "Ho vissuto abbastanza a lungo da rendermi conto che anch'io ti amo, Isabella. Sei generosa e gentile, ma forte. E ammirevole. Sei perspicace, sei ottimista e brami l'avventura. Voglio che tu viva appieno la tua vita, che ti liberi dalle restrizioni che ti oberano e che trovi l'amore e la felicità. Ma non con me. Preferirei vivere altri mille anni che vedere te e tutto ciò che amo di te devastati dalla maledizione che ha devastato la mia vita. Non ce la farei. È per questo che non posso restare."

Lacrime calde le bruciarono negli occhi, come era successo diverse volte mentre lui raccontava la sua storia. Ma questa volta lei non riuscì a impedire che esse scorressero calde lungo le sue guance. "Nick, devi restare. È l'unica possibilità di infrangere la maledizione. Non capisci–"

"Nick." La voce giunse dall'ingresso alle loro spalle, facendo sussultare Nick e facendo ricadere la sua mano dal viso di Isabella. "Io preferirei restare qui a San Rimini. Forse dovrebbe prendere in considerazione l'offerta della principessa."

NICK SI ALZÒ IN PIEDI, le gambe rigide per il tempo trascorso sul pavimento. Si protese verso Isabella, cortese per natura nonostante lui stesso vacillasse. La trepidazione lo invase mentre rivolgeva l'attenzione verso Anne. Quanto aveva sentito la donna?

Inarcò un sopracciglio con fare interrogativo, ma lo sguardo fisso e duro di Anne gli fece capire che aveva sentito abbastanza.

"So che non avrei dovuto origliare," disse lei. "Ma è successo. E credo che lei dovrebbe restare."

Nick lanciò un'occhiata a Isabella. La bocca della principessa era stretta in una linea preoccupata e la cosa non gli piaceva.

Anne, dal canto suo, sembrava stranamente calma, considerata la situazione. Nick si rivolse a lei nel tono più solenne che gli riuscì di usare. "Voglio che tu dimentichi qualunque cosa abbia sentito o creduto di sentire. Se gli anni di lavoro con me significano qualcosa per te, rispetta la mia volontà. Tutto questo non ha nulla a che vedere con te. Capito?"

"Mi permetto di dissentire. Tutto questo ha tutto a che vedere con me."

Se Nick aveva creduto che le mura del palazzo intimidissero Anne o la facessero sentire oppressa, si era sbagliato. La donna non gli aveva mai parlato in un tono così franco e diretto. Che lui ricordasse, Anne non lo aveva mai nemmeno contraddetto. I corti capelli sulla sua nuca si rizzarono, ma prima che lui potesse aprì la bocca, Isabella lo interruppe, la voce calma e confortante.

"Anne, cosa intende?"

Anne continuò a fissare Nick, le spalle dritte, il mento a

un'angolazione ribelle. "Se quegli anni significano qualcosa per lei, Nick, dovrebbe prendersi un momento per ascoltarmi. Dopodiché, credo che rimarrà."

Sentendosi colto alla sprovvista, Nick incrociò le braccia. "D'accordo. Ma non cambierò idea."

"Ha detto alla principessa Isabella 'per infrangere la maledizione, dovrei fare dei sacrifici,' giusto?"

"Sì."

"Finora, non lo ha mai fatto."

Nick strinse i denti per trattenersi dal dire cose che avrebbe fatto meglio a tacere. Palesemente, Anne non aveva sentito tutto ciò che lui aveva raccontato a Isabella – o almeno, non degli anni che aveva trascorso a pulire lerciume dai pavimenti degli ospedali medievali, a seppellire vittime di peste, o di come aveva donato tutto ciò che possedeva. I secoli trascorsi a offrire il suo tempo e il suo lavoro nei luoghi più puzzolenti e disgustosi del mondo. Se quello non era un sacrificio, allora cosa lo era?

Anne sollevò una mano per zittirlo. "Tutto ciò che lei ha fatto, l'ha fatto per sé. Certo, altri hanno tratto beneficio dal suo lavoro. Grande beneficio. Ma ha fatto tutte quelle cose per infrangere la maledizione. So che ha imparato a rendersi conto di essere in grado di aiutare gli altri e a volte lo ha persino trovato piacevole e soddisfacente, ma nel profondo di sé, lo faceva per se stesso."

In quel momento, qualcosa si sbriciolò dentro Nick. Quella mattina, era giunto alla conclusione di aver trascorso la sua vita prendendo a testate un muro, cercando di infrangere la maledizione che probabilmente era diventata indistruttibile con la morte di Rufina.

Se quello che Anne diceva era vero, poteva esserci ancora una speranza.

Ciò significava anche che lui era superficiale e menefreghista come Rufina lo aveva accusato di essere. Un uomo incapace di sacrificarsi. Dopo tanti anni trascorsi a credere di aver fatto di più, di aver sacrificato di più di qualunque altro essere umano, la consapevolezza di non aver fatto nulla che fosse considerabile un sacrificio gli bruciava.

Isabella gli appoggiò una mano in fondo alla schiena e ancora una volta lui si sentì onorato dalla sua capacità di percepire che aveva bisogno di conforto. Ma la principessa rivolse la propria attenzione verso Anne. "Allora cosa intendeva quando ha detto 'finora?' È cambiato qualcosa?"

A quella domanda, un sorriso si allargò lentamente sul volto di Anne. "Nick è tornato a San Rimini al solo scopo di infrangere la maledizione. Ha persino rischiato di farsi scoprire perché pensava che questo progetto fosse un'ottima occasione. Ma quando ha cominciato a conoscervi, ha rischiato di farsi scoprire per un'altra ragione."

Nick si accigliò. "Volevo portar fuori Isabella e mostrarle che poteva vivere la vita. Che non doveva per forza comportarsi come facevo io."

"Esattamente."

Nick sbuffò. Anne si stava arrampicando sugli specchi. "Grazie per il complimento, ma così sarebbe troppo semplice. Non è stato un sacrificio. L'ho fatto perché volevo farlo."

"Lo voleva per lei, non per sé, e sì, è davvero così semplice. E ora, perché teme che la principessa potrebbe andare incontro allo stesso destino di Coletta, è disposto a lasciare San Rimini. Disposto a rinunciare all'unica possibilità che credeva di avere di infrangere la maledizione, a rinunciare alla possibilità di amare una donna che vuole stare con lei e a rinunciare alla possibilità di avvicinarsi alla famiglia reale, quella stessa ambizione che l'ha ridotta in queste condizioni. Questo è un vero sacrificio. Uno da cui lei non trae alcun beneficio e che, anzi, può solo farle del male."

"No." Dopo anni di ricerche, non poteva essere quella la risposta. "No. Me ne andrò perché la amo, non per sacrificare–"

La mano di Isabella ebbe un guizzo contro la sua schiena. "Nick, tua moglie si chiamava Coletta?"

"Come?"

"Coletta." La voce di Isabella era bassa, carica di tensione. "Non hai mai pronunciato quel nome. Non questa sera, non di fronte a me. Quando te l'ho chiesto, hai detto che non aveva importanza."

Un duro groppo si formò nella gola di Nick. Non aveva detto il nome di Coletta? Doveva averlo fatto per forza. Ma l'espressione calcolatrice sul volto di Anne diceva altrimenti. In quel momento, finalmente, tutto ebbe un senso. Gli si piegarono alle ginocchia. Mentre la stanza cominciava a girargli attorno, Nick si allungò verso la sedia della scrivania per reggersi.

"Tu sei Rufina." La donna aveva i capelli rossi, anche se ora erano striati di grigio, ed era più calma della Rufina che lui ricordava. C'era un senso di autorevolezza in lei. D'altra parte, nella breve occasione in cui si erano conosciuti, Rufina si era appena fatta largo fra i densi cespugli del confine di San Rimini, alla ricerca del figlio scomparso, ed era vestita di stracci. Come aveva fatto Nick a non accorgersene? "Sei *davvero* Rufina. Com'è possibile?"

"Com'è possibile che tu sia immortale? Com'è possibile che tu abbia impiegato oltre ottocento anni a capire qualcosa che avresti potuto capire in un giorno?" La tristezza colorò la voce della donna mentre aggiungeva: "Se solo avessi rinunciato a Coletta o avessi fatto qualcosa esclusivamente per qualcun altro, questa maledizione sarebbe stata infranta molto tempo fa."

"Tutto questo tempo." Nick fissò Rufina, cercando di assimilare le sue parole. Ce l'aveva avuta sotto il naso negli ultimi otto anni. Forse per molto più tempo. Non sapeva se abbracciarla, sempre che la maledizione fosse davvero spezzata, o se strozzarla per i secoli di dolore che gli aveva provocato. Poi, guardandola negli occhi, ricordò.

"Mi dispiace tanto per Ignacio. Non l'ho mai dimenticato.

Non hai idea di quante volte avrei voluto potertelo dire. O poter sistemare le cose."

"Lo so. So che ti dispiace veramente. La rabbia e la sete di vendetta possono lasciare tanti rimpianti quanto l'ambizione e l'egoismo." Rufina estrasse una busta da una tasca laterale della borsetta e la consegnò a Isabella. "Mi ha chiesto di comprare dei biglietti per tornare a Boston. Questo è il suo itinerario. Lo lascio nelle vostre mani."

Il volto della strega si colmò di un calore sommesso e lei appoggiò una mano sulla spalla di Isabella, come avrebbe potuto fare una nonna quando un bambino piccolo faceva qualcosa di particolarmente apprezzabile. "Gli avete insegnato di più, in un mese, di quanto io sia riuscita a fare seguendolo per il mondo nel corso dei secoli. Forse," Rufina lanciò un rapido sorriso Nick, per poi rivolgersi nuovamente a Isabella, "forse voi siete sempre stata il suo destino. E il mio. Ora che Nick è libero, lo sono anch'io."

Ciò detto, la donna uscì dalla stanza. Nick la fissò, incredula di fronte a ciò che era appena accaduto. Impiegò un momento per esclamare: "Anne! Rufina! Aspetta!"

Dimenticando momentaneamente Isabella, Nick salì le scale di corsa. Aveva tante domande. Ma quando arrivò in cima, Anne non si vedeva da nessuna parte. Nick corse lungo il lungo corridoio che collegava la fortezza alla parte principale del palazzo, guardando in tutte le porte aperte che trovò. Nulla. Svoltò un angolo e per poco non travolse Nerina.

"Signor Black!" Nerina si portò una mano al petto. "Che succede? La principessa sta bene?"

"Sta benissimo. Stavo–" Nick si interruppe all'improvviso. Il lungo corridoio alle spalle di Nerina era completamente vuoto. Era impossibile che Anne si fosse allontanata così tanto, così in fretta. "Stavo cercando una persona. La mia, ehm, assistente."

"La sua… assistente? Quale assistente?"

Nick osservò l'espressione di Nerina. No, la donna non

aveva davvero idea di chi fosse Anne. O Anne – Rufina – era in qualche modo riuscita a cancellare ogni traccia della propria presenza dalla mente di Nerina, o lui era davvero impazzito.

Il che era assolutamente possibile, considerato quello che gli era successo nelle ultime ore.

Alle sue spalle, udì rumore di scarpe col tacco che si avvicinavano di corsa.

"Chiedo scusa, Nerina. Volevo dire che stavo cercando assistenza." Nick aveva improvvisato quella che sperava fosse una discreta scusa per aver attraversato di corsa dei corridoi del palazzo, ma sapeva che non era credibile.

Nerina guardò le sue spalle, quindi chinò rapidamente, ma rispettosamente la testa. "Vostra Altezza."

Nick si voltò e vide Isabella, il viso arrossato per la corsa che aveva fatto per raggiungerlo. Almeno la sua presenza nel magazzino non era stato frutto dell'immaginazione di Nick. "Principessa Isabella, ero talmente ansioso di trovare assistenza che per poco non ho travolto Nerina."

Isabella spalancò leggermente gli occhi, quindi annuì delicatamente.

"Vostra Altezza?" Nerina si accigliò, palesemente perplessa. "Avete bisogno che chiami la sicurezza? O il medico di palazzo?"

"Oh, no, Nerina. Va tutto bene. Non c'è alcuna emergenza."

Nerina annotò il respiro affannoso e il colorito accentuato di Isabella e fece un passo avanti. "Siete sicura?"

"Certo. Eravamo solo entusiasti per una scoperta che il signor Black ha fatto alla fortezza e stavamo correndo in biblioteca a cercare alcune informazioni." La principessa si produsse in una risata credibile, poi aggiunse: "Temo che ci siamo lasciati trasportare dal momento. Per favore, vada pure a casa e trascorra la serata con suo marito. Se dovesse esserci bisogno, la chiamerò."

Nerina era palesemente sconvolta, ma a suo credito non chiese quale scoperta fosse così entusiasmante da averli spinti a sfrecciare per il corridoio. "D'accordo. Sulla vostra scrivania c'è una copia del programma di domani. Ci vediamo in mattinata."

Quando Nerina fu fuori portata d'orecchi, Nick disse: "Se n'è andata." Si riferiva a Anne, ma Isabella non rispose. Invece, lo afferrò per il gomito e, senza parlare, lo condusse prima lungo un corridoio e poi un altro. Mollò la presa un attimo prima che passassero accanto a una guardia, che raddrizzò la schiena alla vista della principessa. Qualche istante dopo, entrarono in quella che Nick riconobbe immediatamente come la biblioteca di palazzo. Dopo aver verificato che fossero soli, Isabella chiuse la porta.

"Se stiamo correndo per il palazzo perché c'è qualcosa di importante in biblioteca, andiamo in biblioteca," disse. "Ho inventato la scusa sul momento, ma è perfetta."

Nick la fissò. Aveva appena trovato Rufina e lei era sparita. *Perfetta* non era la parola che avrebbe scelto.

CAPITOLO 11

ISABELLA SOLLEVÒ un dito per mettere a tacere Nick. O per dirgli di restare fermo. Lui non sapeva esattamente cosa, per cui rimase dov'era, chiedendosi come avesse potuto fare a non notare Anne in corridoio.

Nel frattempo, la principessa attraversò la biblioteca come se avesse una missione da compiere. Si fermò di fronte a un'alta libreria che occupava un'intera parete, quindi passò la mano lungo il lato adiacente alla finestra, borbottando fra sé; alla fine, sollevò il panneggio che copriva parzialmente il bordo della libreria per guardare meglio.

Del suo borbottare, Nick comprese le parole "Eccoti qua." La donna lasciò ricadere il panneggio, poi lui udì un tonfo dalla parte opposta dello scaffale, come se qualcosa avesse urtato la parete ad almeno la distanza di un corpo dalla principessa.

"Vieni," disse lei, recandosi nella zona da dove lui aveva udito il rumore e facendogli cenno di seguirla. Quando Nick la raggiunse, vide che una sezione di modanatura sporgeva dal muro alla stregua di una maniglia. Isabella la toccò e la parete si aprì a rivelare una scala.

Nick ritrasse la testa per lo stupore. Era la porta meglio

nascosta che lui avesse mai visto, più notevole persino di quella della fortezza.

"Principessa—"

Lei si voltò. "A questo punto, mi sembrerebbe il caso che tu mi chiamassi Isabella. Non credi?"

"D'accordo, Isabella." Nick si sporse verso l'oscurità oltre la donna. "Che cos'è, un'altra via di fuga segreta?"

"È una scala segreta. Completamente interna al palazzo, per cui no, non è una via di fuga." La donna attese per un istante per poi ammiccare e aggiungere: "Domenico."

Prima che lui potesse reagire, lei si infilò oltre la soglia, allargò le mani lungo la parete e premette un interruttore che sembrava vecchio di almeno un secolo. Un cavo connesso all'interruttore correva verso l'alto lungo una parete di pietra interna. Era assicurato da punti metallici coperti di polvere. A intervalli regolari lungo il cavo, lampadine nude si protendevano dagli alloggiamenti. Due erano bruciate.

L'aria era stantia e le scale erano talmente sporche da fargli sospettare che avrebbero cambiato colore se qualcuno avesse passato l'aspirapolvere. "Mi pare di capire che non sia usata spesso."

"Non ci vengo da anni. L'ho scoperta quando ero bambina, ma subito dopo avermela mostrata, i miei genitori mi hanno proibito di usarla."

Nick la seguì, quindi chiuse la porta quando lei gli indicò di farlo. Udì la modanatura modificata scattare dall'altra parte e Isabella sorrise quando lui emise un fischio di apprezzamento per l'opera dell'artigiano.

Erano quasi arrivati in cima quando lei disse: "Porta al corridoio che contiene i miei appartamenti e quelli di Marco. Ho pensato che, se tu avessi trascorso la notte con me, per il momento sarebbe più semplice tenerlo nascosto. In questo modo, nemmeno le guardie sapranno che sei nella mia stanza."

Nick inciampò in uno dei gradini, ma scongiurò la caduta

premendo una mano contro la pietra, graffiandosi il palmo. Isabella si voltò quando arrivò in cima alle scale e si appoggiò in modo da avere la schiena contro la porta.

Si guardarono a vicenda per diversi istanti. Gradualmente, le labbra di lei si schiusero. Nick si avvicinò fino al gradino appena sotto quello su cui si trovava lei. In quel momento, notò tutto di lei. La trepidazione e il desiderio nei suoi occhi. Le pupille dilatate mentre Isabella lo osservava nella luce soffusa. La ciocca scura di capelli che dalla testa si era impigliata nel legno della porta. L'immobilità delle spalle e del petto, perché lei non osava respirare. Poi, finalmente, l'inalazione sommessa prima di chiedere: "È troppo diretto per te?"

Lui scosse la testa, quindi le posò una mano sulla vita. "Temo che sia troppo diretto per te."

Aveva condiviso tutto con quella donna e la voleva come non aveva mai voluto nessuna in passato. Soffriva fisicamente dal desiderio. Eppure, nulla del suo futuro era certo. Anne – Rufina – era svanita nel nulla, lasciando dietro di sé tante domande quante erano le risposte che aveva dato.

Le dita di Isabella si posarono sulla camicia di Nick, poi lei gli appiattì una mano sul cuore. "Mi hai detto che mi ami. Io ti credo. Per cui, amami."

Nick le coprì la mano con la sua e chiuse gli occhi. Le scale li avvicinavano al punto che il respiro di Isabella gli sfiorava il collo. "Non l'ho… Non lo faccio da molto tempo. Da prima che tu nascessi."

"Io non l'ho mai fatto."

La gola di Nick si contrasse mentre lui cercava di mantenere il controllo. "Allora andiamo nella tua stanza. Perché se ti bacio adesso, non mi fermerò."

Per diversi momenti di tormento, lei lo osservò. Poi si portò le loro mani giunte alle labbra e trascinò un lungo bacio sulle sue nocche, senza rompere il contatto di sguardi fino a quando non si voltò verso la porta. Senza fare rumore, girò la maniglia e tese l'orecchio. Quando ebbe la certezza che il corridoio fosse vuoto, gli fece cenno di seguirla. Qualche istante dopo, entrarono nel suo appartamento. Non appena la serratura scattò, lei lo trovò. Le loro bocche si congiunsero, calde e affamate, e un piacere che lui non aveva mai conosciuto gli schizzò dentro come un razzo.

Se la maledizione c'era ancora, era peggiorata di mille volte, perché Nick non voleva trascorrere un altro momento della sua vita senza di lei. E tutto cominciava da quel momento, con loro due nel letto.

Come se gli avesse letto nel pensiero, la principessa cambiò posizione per affondargli le mani nei capelli e intensificare il loro bacio.

Nick ne aveva bisogno. Aveva bisogno di lei. Quanto aveva bisogno di sole, di aria e di respirare.

Un gemito sommesso e voglioso le sfuggì mentre lui la premeva contro la parete. Nelle profondità della sua mente, Nick sapeva che avrebbe dovuto rallentare, ma lei gli mise le mani sulla maglietta, poi sotto, le dita che si allargavano sulla sua schiena per poi passare all'addome, provocandogli un'erezione immediata e dolorosa.

Vergine, sì. Innocente, no.

Era completamente diverso dalla prima notte che aveva trascorso con Coletta, subito dopo la cerimonia nuziale, con lei che aveva nelle orecchie le istruzioni della madre e lui che aveva la testa piena di battute oscene da parte dei suoi amici.

Quello era desiderio nudo e loro due erano eguali. Isabella lo voleva quanto lui voleva lei.

La donna gli strattonò la maglietta. "Ti voglio contro di me."

Nick si levò la maglietta in pochi istanti; poi, mentre lei gli esplorava il torace con la bocca e le mani, lui si mise al lavoro sull'indumento di lei. Quando anche esso finì sul pavimento, Nick le afferrò le mani e se le mise dietro al collo, poi le circondò il posteriore con entrambe le mani. Le bisbigliò nell'orecchio: "Tieniti forte."

La sollevò da terra e lei gli passò le gambe attorno alla vita. La voce di Isabella era delirante dalla voglia mentre bisbigliava: "In fondo. Segui la luce."

Come previsto, una lampada sul comodino proiettava luce sufficiente perché lui si facesse largo attraverso il salotto e fino a una grande camera da letto con un salottino a parte. Nick chiuse la porta con un piede. Le cosce di Isabella accentuarono la presa sulla sua vita e lei si spostò quanto bastava per baciarlo di nuovo, prima sulla bocca, poi sulla tempia. Aveva un profumo divino e lui la strinse ancora più forte. Non riusciva a saziarsi di vicinanza.

"Amami," gli mormorò lei fra i capelli.

Nick la posò sul letto il più delicatamente possibile, quindi si mise sopra di lei. Le gambe di Isabella rimasero strette attorno a lui mentre usava entrambe le mani per scostarle i capelli dal viso. "Lo faccio e lo farò."

Gli occhi color ambra della donna brillarono, trasformando la sua ardente lussuria in una fiamma di emozione che gli si impresse nell'anima. Isabella inarcò la schiena, protendendosi verso di lui, e questa volta il loro bacio fu profondo e devastante mentre romantico. Nick non sapeva quanto a lungo giacquero lì, avviluppati, baciandosi, ma a un certo punto i baci si trasformarono in una lenta esplorazione dei corpi. In contrasto con i primi momenti dopo essere entrati nell'appartamento, quando erano sospinti dalle fitte del desiderio, fecero con calma, guardandosi a vicenda mentre si spogliavano. Nick si meravigliò della consistenza liscia della pelle di lei, che brillava come raso nella luce soffusa. La carnagione era simile alla sua, ma diversa. Isabella era più liscia, più morbida. Intatta. Quando la bocca di Nick si chiuse attorno a un capezzolo turgido, lei sospirò, le sue dita si fletterono contro la pelle della schiena di Nick e fu pura gioia.

Secoli prima, la prima esperienza di una donna era un salto nel buio. Non era più così. Le donne sapevano cosa aspettarsi. Che aspetto aveva un uomo nudo ed eccitato. Sapevano che il sesso poteva essere dolce o intenso, impostato o spensierato. E che, nei migliori dei casi, poteva essere tutto quanto. Ma quale che fosse l'epoca, la meraviglia era sempre la stessa e Nick assaporò pienamente la meraviglia di Isabella. Non solo per l'atto in sé, ma per i dettagli: i tocchi, le consistenze, i profumi e i suoni. Soprattutto, assaporò la meraviglia della donna per lui personalmente. Ogni emozione era palese sul volto di Isabella, proprio come lui sapeva lo era sul suo.

Si incastravano. Tutto si incastrava.

Quando finalmente la penetrò, fu con Isabella sopra di lui. Lei era bagnata e incredibilmente calda mentre gli scivolava sopra, una mano sul suo petto, l'altra che lo guidava, il respiro affannoso mentre scendeva con immensa lentezza. Il puro stupore sul volto della donna quando i loro bacini si congiunsero e lui fu completamente dentro di lei per poco non gli fece superare il limite.

Quello, pensò, quello era il paradiso.

E poi, lei cominciò a muoversi.

Gemendo, Nick le avvolse una mano attorno alla nuca e si portò la sua bocca alla propria.

"Santo cielo," mormorò la donna mentre continuava ad alzarsi e ad abbassarsi sopra di lui; a quella parola seguì una sfilza di parole in italiano così rapide e basse che lui non riuscì a decifrarle. In ogni caso, era d'accordo.

Nick si mosse, afferrando i fianchi di Isabella, stabilendo un ritmo. Le guance di lei si arrossarono e una sottile pellicola di sudore le apparve sulla fronte mentre si muovevano insieme. Isabella si succhiò il labbro inferiore e gemette. Sconvolta da se stessa, sussultò, interrompendo il suono.

"No," bisbigliò lui. "Non sentirti in imbarazzo. Non trattenerti. Voglio che tu ti lasci andare."

Isabella serrò le palpebre e un attimo dopo si chinò, concedendosi il piacere di quell'esperienza. Nick continuò a muoversi dentro di lei, andandole incontro con ciascun movimento, per poi allungarsi a prenderle i seni e passare i pollici ruvidi attorno ai capezzoli.

"Nick." La parola le uscì di bocca in un gemito roco. I muscoli di Isabella si contrassero attorno a lui e la sensazione gli mozzò il fiato.

Nick si mise seduto, la strinse forte e rotolò sopra di lei. Immediatamente, le dita di Isabella gli afferrarono il posteriore, affondando nei suoi muscoli. Quando la testa le ricadde di lato e lei gemette ancora una volta il suo nome, Nick fu perduto.

"Ti prego," esclamò lei. Nick sentì l'euforia crescere dentro di lei, protendendosi verso il piacere definitivo. In qualche modo, riuscì a resistere, portandola alla conclusione mentre lei esplodeva attorno a lui. Nick continuò a muoversi, la pressione che cresceva in lui e gli tuonava nelle orecchie.

Poi la bocca di Isabella trovò la sua spalla, i denti e la lingua e le labbra che andavano incontro alle cicatrici dei secoli passati.

Quando Nick esplose, si ritrovò immerso in una nebbia di gioia, incapace di muoversi.

Trascorsero lunghi momenti prima che entrambi potessero fare qualcosa di più che respirare. Finalmente, lui trovò la forza per rotolare, poi la prese fra le braccia, umida e sazia, e se la strinse al petto. Affondò il viso fra i suoi capelli, ma un attimo dopo lei protestò.

"Come?"

Isabella si sollevò su un gomito, si stiracchiò e spense la lampada sul comodino. Mentre tornava fra le sue braccia, disse: "Non voglio vedere le lenzuola o le pareti o la mia stanza. Voglio restare al buio per sentirti. Senza distrazioni."

Lui sorrise fra i suoi capelli e accentuò l'abbraccio. Alla fine, il respiro della donna si fece regolare, ma lui capì che non stava dormendo.

"Va tutto bene?"

"Sì."

"Non ti ha fatto male?"

Isabella emise un suono negativo, quindi si dimenò per voltarsi verso di lui. Delicatamente, tracciò i contorni del suo viso. Nick si rilassò, chiudendo gli occhi mentre si crogiolava in quel tocco delicato.

"La solitudine è finita," bisbigliò la donna.

Lui sbatté le palpebre e sorrise, cercando di leggere l'espressione di Isabella nella stanza buia. "La mia o la tua?"

"Tutte e due. Ma soprattutto la tua. Mai più."

In qualche modo, a quelle parole, lo stress delle ultime ventiquattr'ore evaporò. La scoperta dei registri dei processi alle streghe, il crollo nervoso sul pavimento della fortezza. La vista dell'orribile foto dell'Hindenburg per la prima volta dopo decenni.

Condividere tutto con Isabella.

"Ti amo," le disse, per poi coprirle la mano con la propria, intrecciando le loro dita. "Ma non so cosa accadrà da questo momento in poi. Non so cosa pensare della maledizione."

"Allora lascia che sia io a pensare," disse lei, la voce bassa, ma sicura. "Resta. Non c'è alcun rischio nel farlo, ora."

Nick ci pensò su per un istante. "Tu hai visto Anne? Hai sentito quella conversazione?"

La vista di Nick si era adattata a sufficienza da permettergli di vedere Isabella levare gli occhi al cielo. Si sarebbe messo a ridere di fronte all'incongruenza della raffinata principessa che faceva un gesto del genere nell'intrico delle lenzuola, se la domanda non fosse stata tanto seria. "Certo che ho visto Anne."

"Nerina no. Quando ho seguito Anne fuori dalla fortezza e Nerina e io siamo quasi andati a sbattere l'una contro l'altro nel corridoio, lei non aveva visto Anne. Non sapeva nemmeno di chi stessi parlando."

Anne aveva organizzato da sola il proprio viaggio. Aveva

soggiornato in albergo invece che a palazzo. Quando lui l'aveva chiamata a Boston per chiederle di raggiungerlo, la donna si era appuntata il numero di Nerina e aveva detto che avrebbe sbrigato le formalità e chiesto i permessi necessari.

Non lo aveva fatto. Non avrebbe mai potuto farlo. Eppure, era riuscita a entrare nella fortezza.

"L'avevo notato." Isabella gli strinse la mano. "Questo non ti dice a cosa dovresti credere? Rufina era reale e così i suoi poteri. Non posso dire di aver capito tutto, ma…" Isabella fece spallucce, poi gli lanciò un sorriso accecante che avrebbe fatto la gioia di qualunque fotografo. "Parlava come se anche lei fosse stata maledetta. E ha detto di essere libera. Sono pronta a scommettere che la maledizione si è spezzata. Pronta a scommetterci il mio futuro. Resta. Concludi il progetto. Vai dal mio medico e fai curare le tue emicranie."

Nick passò il pollice lungo le dita snelle e ben curate della donna, intrecciate alle sue segnate dalle cicatrici. Non si sentiva diverso, a parte per ciò che lui e Isabella avevano appena condiviso. Se la maledizione era stata infranta, non avrebbe dovuto sentirsi diverso?

"Fallo per me." Isabella si allungò a passargli una mano sui capelli. "Anche se credi che ciò metta a rischio la tua riservatezza. Anche se credi che ne soffrirò. Anne – Rufina – ha detto che potrei essere il tuo destino. Non prendere decisioni per sei mesi, fino all'apertura del museo. Considerato quanto a lungo hai vissuto, sei mesi non sono nulla. Per allora, immagino che saprai se la maledizione si è spezzata. In caso contrario, decideremo cosa fare. Altrimenti, credo che lo sappiamo già."

Lacrime di gioia le riempirono gli occhi e Nick cercò di controllare la propria reazione. Dopo tutto quel tempo, faticava a crederlo possibile.

"Ti amo, Isabella." La attirò a sé e la abbracciò forte. "Ti darò sei mesi. Se saremo fortunati, ti darò il resto della mia vita."

EPILOGO

NICK TENEVA una mano sulla vita di Isabella mentre attraversavano la pista da ballo nell'atrio di marmo del museo. La luce della luna piena penetrava dal soffitto di vetro, cinque piani sopra le loro teste. Tutto attorno a loro, sulla balconata che circondava l'atrio, le coppie chiacchieravano, bevevano champagne e discutevano degli artefatti che avevano visto durante il giro della nuova ala del museo, ora ufficialmente aperta e dedicata alla madre di Isabella, la defunta regina Aletta.

"È magico, vero?" mormorò Isabella.

"Sì, è vero." Nick accarezzò con discrezione la schiena di Isabella con il pollice mentre si muovevano al ritmo della musica trascinante suonata dai membri dell'Orchestra Reale, che occupava un palcoscenico temporaneo dalla parte opposta dell'atrio. "Ce l'hai fatta. E a giudicare dall'espressione di tuo padre, lo hai reso molto felice."

"Credo di sì." Il volto di Isabella pareva illuminato dall'interno mentre volteggiavano fra altre due coppie, per poi passare accanto al principe ereditario Antony e a sua moglie Jennifer. "Anche tu sembri molto contento."

"Come hai fatto a indovinare?" Nick sorrise, ma un attimo dopo aggiunse: "Sai, Chiara Ascardi è una donna incredibile. Senza il suo aiuto, non sarei qui."

Negli ultimi mesi, Chiara aveva sfruttato le sue capacità e i suoi agganci per colmare i vuoti nella storia di Nick. Se la stampa avesse frugato nel suo passato, avrebbe scoperto che lui aveva vissuto una vita tranquilla, cresciuto in una fattoria isolata nell'ovest del Massachussetts, dov'era stato istruito in casa da genitori profondamente appassionati di storia europea, ma che purtroppo erano venuti a mancare diversi anni prima. Era autodidatta nella storia dell'arte e la sua conoscenza della storia sanriminese era immensa. Il suo operato nel catalogare gli artefatti per il progetto del museo aveva colpito così profondamente il Dipartimento delle Antichità dell'Università di San Rimini da spingerlo a offrirgli un incarico di docente a contratto.

Nick aveva riflettuto sull'offerta per quasi un mese prima di decidere di correre il rischio e accettarla. Aveva venduto la sua azienda di Boston a Roger Farris, che cantava le lodi di Nick a chiunque gli prestasse orecchio.

Grazie a Chiara, il passato di Nick era perfettamente adatto a un uomo sul punto di proporre il matrimonio all'unica principessa di San Rimini.

Isabella sollevò il mento per guardarlo negli occhi, quindi sorrise. Il gesto provocò una frenesia di attività fra i membri dei media disposti lungo la parete dell'atrio, che si misero a sgomitare per catturare le prime immagini della principessa che baciava un uomo.

Lei non diede loro quella soddisfazione. Non ancora.

"Sai," provocò, "senza tutto quello che hai fatto tu, nessuno di noi sarebbe qui." Isabella si allungò a passargli le dita fra i capelli, ma si fermò.

"Adesso ti preoccupi degli obiettivi?"

Lei sorrise, ma c'era una nota di curiosità nella sua espressione. Non disse nulla fino a quando l'orchestra non cambiò musica. Vicino all'orecchio di Nick, sussurrò: "Seguimi."

Nick era perplesso dall'improvvisa serietà di Isabella, ma le permise di condurlo lontano dalla pista da ballo, soffermandosi a salutare alcune persone lungo la strada, fino a quando non entrarono in uno dei corridoi del museo.

"Non starai cercando di allontanarti furtivamente, vero? Arturo e Paolo non ci aspettano questa sera, Isabella."

"Lo so," rispose lei, "anche se sono terribilmente gelosa che ora preferiscano che sia tu a raccontare loro le storie."

"Non è colpa mia se ne conosco di più. Magari, domani sera, racconterò loro di Napoleone e Josephine."

"Non osare!"

Nick rise a quelle parole. Fino a quel momento, aveva conservato le storie piccanti per la sola Isabella. "Allora dove mi porti?"

"Qui." La donna si fermò di fronte a un grosso specchio dorato, quindi gli mise le mani sulle spalle e lo fece voltare verso di esso, restando dietro di lui.

"Cosa c'è?"

"Noti nulla?"

Nick fissò se stesso, vedendo lo stesso riflesso che aveva visto per quasi mille anni. "No."

Lei gli passò le dita di una mano fra i capelli, poi lasciò ricadere la mano sulla sua spalla. "Guarda meglio."

Fu allora che Nick se ne accorse. All'altezza della tempia, un singolo capello grigio spiccava fra quelli neri.

Isabella gli portò le braccia alla vita e lo strinse da dietro mentre lui fissava incredulo l'immagine. Poi, mentre gli si serrava la gola, un misto di speranza e attesa lo colmò.

Poteva darsi che lui fosse il primo uomo nella storia dell'umanità a vedere un capello grigio e a interpretarlo come una rinascita.

"È questa la storia che dovresti raccontare ad Arturo e Paolo," disse Isabella, la voce ricca che si crepava mentre parlava. "La favola del *Cavaliere Maledetto*. Perché ora ha un lieto fine."

NOTE

CAPITOLO 3

1. In italiano nell'originale (ndt).

CAPITOLO 5

1. In italiano nell'originale (ndt).
2. In italiano nell'originale (ndt).
3. In italiano nell'originale (ndt).
4. In italiano nell'originale (ndt).

CAPITOLO 6

1. In italiano nell'originale (ndt).
2. In italiano nell'originale (ndt).

CAPITOLO 7

1. In italiano nell'originale (ndt).

IL PROSSIMO EPISODIO

Grazie per aver letto *Il bacio del cavaliere*. Il prossimo episodio della serie "Scandali Reali: San Rimini" è già in vendita. Continuate a leggere per un'anteprima.

INNAMORARSI DEL PRINCIPE FEDERICO

"Ma che ne so io della differenza fra *placenta previa* e *placenta accreta?*"

Pia Renati ricordò a se stessa che era meglio brontolare a bassa voce, poi appoggiò una spalla alla pubblicità di un'acqua di colonia che decorava la parete dell'Aeroporto Internazionale di San Rimini e voltò la pagina di una grossa guida alla gravidanza dalla copertina a fiori. Come facevano le donne a partorire senza una laurea in medicina?

E perché diamine avevano chiamato *lei* quando la sua amica Jennifer Allen – ora Jennifer di Talora – aveva bisogno che qualcuno le rimanesse accanto durante il riposo a letto ordinato dall'ostetrica?

L'amica di Pia si rivolgeva sempre a lei nei momenti di difficoltà. In quanto suo ex-capo presso il campo profughi dove avevano lavorato insieme poco più di due anni prima, Jennifer la conosceva meglio di chiunque altro. Istituire banchi alimentari era naturale per Pia come camminare. Aiutare nella costruzione di ripari temporanei sotto il caldo sole africano? Creare database per ricongiungere persone in fuga dalla guerra con i propri cari? Già fatto. Come operatrice umanitaria, Pia non temeva di lavorare sodo ed era stata in più di un ospedale da campo. Ma prendersi cura di una donna incinta sul punto di partorire il futuro erede al trono di San Rimini? Tutto ciò che Pia sapeva di gravidanze e bambini lo aveva imparato nell'ultima ora.

Sua madre non aveva esattamente preso ispirazione dai personaggi affettuosi e materni che comparivano di solito in televisione. Persino la maggior parte delle madri dei cartoni animati sarebbe stata un passo avanti rispetto alla perennemente assente Sabrina Renati. Ma Jennifer aveva insistito per avere Pia al suo fianco e lei non intendeva dire di no a un'amica incinta che, come se non bastasse, era sposata con il principe ereditario del suo paese natio.

Pia saltò la sezione successiva della guida alla gravidanza che le aveva inviato Jennifer, lasciandola quasi cadere sul pavimento del terminal affollato quando si ritrovò di fronte a una gigantesca fotografia in bianco e nero di una partoriente. Aveva dato per scontato che il libro avrebbe lasciato certi momenti all'immaginazione.

Beh, si disse, se non altro l'immagine non era a colori.

"Signorina Renati?"

Pia udì a malapena la calda voce di baritono alle sue spalle, dato che proprio in quel momento gli altoparlanti dell'aeroporto ingiunsero rumorosamente a un passeggero di presentarsi alla sicurezza per via di un oggetto smarrito.

Invece, una improvvisa inquietudine la spinse a chiudere di scatto il libro. Il brusio delle conversazioni attorno a lei cessò e ogni singolo paio d'occhi nell'atrio si concentrò sull'uomo alle sue spalle.

Senza voltarsi, Pia si rese conto di chi doveva essere il proprietario di quella caratteristica voce da opera lirica. Non era un autista di palazzo, come si era aspettata, venuto a indicarle la strada verso un minivan Volkswagen, ma quello che poteva essere definito l'uomo single più desiderato al mondo, il recentemente vedovo principe Federico Constantin diTalora. L'uomo noto ai lettori di tabloid come il Principe Perfetto per la sua bellezza mediterranea, la sua reputazione impeccabile e la sua devozione al dovere.

Proprio quando Pia non aveva avuto la possibilità di succhiare una mentina o sistemarsi il trucco prima di scendere dal volo notturno.

Sperando che l'uomo non avesse guardato il libro che lei aveva in mano, Pia si costrinse a sorridere mentre si voltava verso il cognato di Jennifer, il secondo in linea di successione al millenario trono di San Rimini.

A giudicare dall'espressione del volto spesso comparso in fotografia, il principe aveva dato una bella occhiata alla foto nel libro.

Erano trascorsi anni dall'ultima volta in cui Pia era tornata a casa e aveva avuto modo di parlare l'italiano sanriminese che era la sua lingua madre. Da tempo era ansiosa di chiacchierare con qualcuno che comprendesse le sue origini. Qualcuno che discutesse con lei di politica sanriminese, le raccontasse gli ultimi pettegolezzi sulle celebrità locali, magari la aggiornasse sugli ultimi ristoranti e discoteche alla moda.

Ma la vista del famoso reale – un uomo dal fisico tonico, che riempiva la semplice giacca nera e l'immacolata camicia bianca come una stella dei film d'azione sul tappeto rosso degli Academy Awards – la sconvolse e lei riuscì soltanto a bisbigliare: "Principe Federico. *Buon giorno. Come state[1]?*"

Che diamine ci faceva lui lì? Jennifer non aveva mai accennato che avrebbe mandato Federico in aeroporto. Il principe non si limitava a torreggiare su Pia, ma possedeva quella qualità intangibile che tutti gli uomini desideravano: il carisma. Li avevano presentati nel corso del matrimonio di Jennifer con il principe ereditario Antony due anni prima e Pia era stata così nervosa da pronunciare due parole di circostanza e darsi a una fuga precipitosa verso il tavolo del ricevimento dove sedevano i suoi colleghi del campo profughi Haffali, sopraffatta com'era dal breve incontro.

Federico e la sua elegante moglie, Lucrezia, erano stati piuttosto cortesi, ma entrambi erano parsi al di sopra dell'atmosfera festosa e romantica del ricevimento. Lucrezia era tutto ciò che Pia non era: alta, magrissima e splendida, con capelli scuri e lisci, labbra rosse e piene e un senso dello stile degno delle passerelle. Il genere di donna che tutti i giornalisti di moda bramavano presentare nelle loro riviste.

E Federico? Beh, la sua sola presenza l'aveva intimidita spaventosamente. Il suo modo di fare silenzioso e composto, unito alle scarpe lucide, lo smoking su misura e la fusciacca reale, le aveva mozzato il fiato quella sera.

E poi c'erano quegli zigomi fantastici. La mascella forte e liscia che non mostrava mai nemmeno una traccia di barba. La ricca pelle olivastra che doveva essere come il Paradiso sotto le dita di una donna.

Pia si strinse il libro alla maglietta di cotone verde salvia e rimpianse di non aver pensato di indossare qualcosa di più formale dei pantaloni cachi coi sandali. Se non altro, l'ultima volta in cui aveva visto Federico indossava un abito di design e tacchi alti.

Il principe fece un gesto discreto con la mano destra e un uomo snello in piedi nei paraggi corse a prendere il borsone ai piedi di Pia.

"Sto molto bene, grazie. Tuttavia, se non le dispiace, preferirei conversare in inglese. Sto cercando di migliorare la mia padronanza e non ho spesso la possibilità di esercitarmi con una persona che parla tanto bene la nostra lingua e l'inglese. Lei ha trascorso molto tempo negli Stati Uniti, giusto?"

Pia trattenne un sospiro. "Sì. E vada per l'inglese."

Sebbene lei avrebbe preferito l'italiano per una conversazione informale, sentirsi chiamare *signorina* dal principe la faceva sentire una ragazzina, meno matura dei suoi trentadue anni. Era un termine che a San Rimini veniva usato dalla generazione dei suoi nonni. E poi, il principe non era certo il tipo da conversazioni informali.

"Magnifico. Ho fatto in modo che i suoi bagagli venissero consegnati direttamente al palazzo dalla compagnia aerea. Jennifer è ansiosa di vederla, per cui, se è pronta ad andare, la mia automobile ci aspetta laggiù." Indicò delle spesse porte metalliche lungo la parete della sala. Sulla destra, attraverso le grandi finestre, Pia notò una lucida Mercedes nera parcheggiata sulla pista accanto all'aereo da cui lei era appena scesa.

Il privilegio dell'essere un principe, pensò. Non c'era bisogno di sgomitare per trovare parcheggio, superare innumerevoli controlli di sicurezza o aspettare la valigia assieme a un altro centinaio di viaggiatori stanchi che cercavano di conquistarsi una posizione accanto al nastro dei bagagli.

La folla si aprì di fronte a Federico mentre questi faceva strada attraverso la sala d'attesa e fuori dalle porte metalliche grigie. Non appena i piedi del principe toccarono le scale che conducevano alla pista, la sala alle loro spalle riprese bruscamente vita. I viaggiatori chiesero gli uni agli altri se l'uomo che avevano visto fosse davvero il principe e se qualcuno sapesse chi fosse la donna che lui aveva incontrato.

Pia si aggrappò al corrimano mentre scendeva le scale verso la luce del sole, costringendosi a non ascoltare le voci dei curiosi che si stavano radunando vicino alle finestre. Sarebbero rimasti delusi se avessero conosciuto la verità. Fu un sollievo sentire le pesanti porte di sicurezza chiudersi alle sue spalle.

Pia lanciò un'occhiata a Federico mentre l'autista le apriva la portiera posteriore, per poi rendersi conto che il principe le stava offrendo la mano per aiutarla a salire.

"Oh. Grazie." Era proprio un'oca in mezzo ai cigni.

Infilò la mano in quella di Federico e non si stupì di scoprire che la sua presa era solida, in esercizio. Probabilmente, aiutava tutti i giorni le donne a salire su auto eleganti. Pia chinò la testa, pregando di non sbatterla contro il tettuccio, e sperò che l'uomo non potesse capire quanto la innervosiva la sua presenza... e soprattutto il suo tocco.

Una volta che ebbero allacciato le cinture dei morbidissimi sedili di cuoio della berlina, il principe le pose alcune cordiali domande riguardo alla sua ultima visita a San Rimini, a quale nome pensava che Jennifer ed Antony avrebbero potuto dare al bambino e se il neonato sarebbe stato maschio o femmina, dato che Jennifer ed Antony avevano preferito non saperlo in anticipo. Pia riuscì a rispondere in maniera cordiale, ma prima ancora che fossero usciti dall'aeroporto, la conversazione si spense. Il principe sembrava felicissimo di proseguire il viaggio in silenzio, guardando occasionalmente fuori dal finestrino dell'auto. Al prolungarsi del silenzio, il nervosismo di Pia non fece che incrementare.

Il tragitto fino al palazzo reale era scenografico e li portò lungo la Strada il Teatro, il viale principale di San Rimini, che correva sopra la costa occidentale dell'Adriatico. Dopo aver oltrepassato il Teatro Reale restaurato di recente nei pressi dell'estremità orientale della Strada, salirono tortuose e secolari strade acciottolate fino alla sommità di un'ampia collina, dove la Rocca di Zaffiro, il famoso palazzo reale del Paese, dava sugli affollati casinò e sulle pittoresche botteghe e case del minuscolo principato europeo.

Pia sorrise fra sé, lieta di constatare che poco era cambiato dalla sua ultima visita. Spesso sognava a occhi aperti le onde azzurre della Baia di San Rimini che lambivano la spiaggia, le luci dei casinò costieri e il lusso degli eleganti alberghi del Paese. Le venne l'acquolina in bocca al solo pensiero dei decadenti dessert e dei saporiti piatti di pasta e pesce che rendevano San Rimini una Mecca per i gourmet. Nei giorni difficili in cui lavorare in campi polverosi o mense roventi in luoghi devastati da guerre o epidemie perdeva il suo fascino, quei sogni a occhi aperti di San Rimini erano un balsamo per la sua anima. Pia non viveva laggiù da quando aveva diciannove anni ed era partita per andare all'università negli Stati Uniti, ma quella era la sua casa e lei si godeva ogni istante delle sue rare visite.

O meglio, lo avrebbe fatto se non fosse stata seduta gomito a gomito con il Principe Perfetto. All'improvviso, il breve tragitto le parve eterno.

Ma l'uomo non aveva forse detto di volersi esercitare nell'inglese? Magari, le risposte monosillabiche di Pia lo avevano contrariato, ma lui era troppo esperto nella diplomazia per darlo a vedere.

Facendosi coraggio, Pia cercò di ricominciare la conversazione. "Sapete, è difficile per me credere che Antony Jennifer siano sposati e ancora meno che stiano per diventare genitori."

Il principe voltò la testa dal finestrino e si schiarì rumorosamente la voce, spingendola a chiedersi se non avesse commesso una gaffe. Quando l'uomo parlò, le sue parole, pronunciate con un accento e in un tono fin troppo serio per l'argomento, non le diedero la minima rassicurazione. "Sono molto felici."

Pia si costrinse a non farsi piccola contro il sedile di cuoio. Sapeva di essere incline a dire sciocchezze, ma era tutto nella sua testa. Il principe non poteva essere distaccato o minaccioso come pensava lei. Era un essere umano, no? Un titolo non lo rendeva migliore di lei. E poi, Jennifer aveva ripetutamente descritto il principe Federico come un uomo gentile e amorevole, e i giornalisti specializzati in pettegolezzi reali non facevano che raccontare di quanto lui amasse i due figlioletti.

Sebbene quei giornalisti non fossero una fonte di informazioni ideale, Jennifer non era il tipo da sperticarsi in lodi fasulle.

Forse, ragionò Pia, lei aveva semplicemente male interpretato l'atteggiamento distaccato dell'uomo durante il matrimonio. Il che era probabilissimo, considerato che erano stati presentati a tarda sera, dopo che il principe Federico aveva trascorso l'intera giornata ad assistere il fratello in numerosi eventi prima della cerimonia. E forse, la perdita della moglie subito dopo quel matrimonio lo aveva cambiato, rendendolo sospettoso nei confronti delle donne nubili... la maggior parte delle quali cercava forse di attirarlo in una relazione romantica.

Anche Pia sarebbe stata un po' riservata se avesse sposato una persona bellissima e perfetta e poi l'avesse persa per colpa di un aneurisma in età giovanile, ritrovandosi all'improvviso genitore giovane e single e preda di cacciatrici di fortuna.

"Oh, non dubito che siano felici, Vostra Altezza." Pia si scostò un ricciolo biondo dal viso, lieta che l'umidità dell'Adriatico non potesse dare ai suoi capelli un aspetto peggiore di quello che già avevano dopo il lungo volo da Washington e doppiamente grata per essersi ricordata di aggiungere *Vostra Altezza* quando aveva rivolto la parola al principe, questa volta. "Volevo solo dire che mi è difficile credere che Jennifer stia per diventare genitrice. Dovete capire che, nel periodo che ho trascorso lavorando con Jennifer al campo profughi Haffali, l'ho vista scavare latrine, pulire i pavimenti della mensa e scalare colline con gli stivali trasportando una caraffa d'acqua in ciascuna mano. È una dura e tiene alle persone che fanno parte della sua vita. Sono certa che abbiate avuto modo di trascorrere abbastanza tempo con lei da poterlo vedere di persona. Ma tutto ciò non si traduce esattamente in coniglietti di pelouche e filastrocche della buona notte. Volevo dire solo questo."

Federico si lisciò la giacca e annuì. "Capisco. In tal caso, sono lieto che Jennifer abbia trovato una persona dall'istinto materno che le resti accanto nelle prossime settimane, prima della nascita del bambino. Non vorrei mai che rimanesse da sola."

L'espressione dell'uomo era indecifrabile e le sue parole non contenevano la minima traccia di sarcasmo. Il suo senso del decoro non lo avrebbe permesso. Ma se solo avesse saputo quanto poco istinto materno aveva Pia, si sarebbe rimangiato tutto. Dopo il pessimo lavoro che aveva fatto sua madre crescendola – o meglio, non crescendola – l'ultima cosa che Pia desiderava era diventare la madre di qualcuno. Jennifer sarebbe stata una madre cento volte migliore di lei.

"Il palazzo ha un personale numeroso. E ci siete voi, per cui decisamente non è sola. So che rispetta molto voi e il modo in cui state crescendo i vostri figli." Per quanto ne sapesse Pia, Federico non viaggiava spesso come i suoi germani, preferendo restare vicino al palazzo per il bene dei suoi ragazzi.

"Ciò che dite riguardo alla presenza di altre persone è vero, ma credo che Jennifer preferirebbe la compagnia di una donna. Una persona che la capisca e che sappia rialzarle il morale." Federico si mosse come se fosse a disagio. "Si dice così?"

"Quasi. Forse volevate dire 'che sappia risollevarle il morale.'"

"Sì. Proprio così. Inoltre, potrebbe desiderare che un'amica le stia accanto in ospedale, nel caso il travaglio dovesse avere inizio prima del ritorno di Antony."

Pia cercò di ignorare il riferimento all'ospedale e il fatto che il ginocchio del principe sfiorava ora il suo, modo sicuro per fare impazzire i suoi ormoni. Faticando a mantenere la concentrazione, proseguì: "Mi stupisce che non abbiate incoraggiato vostro fratello a restare a casa con lei."

Una ruga verticale apparve nello spazio fra le sopracciglia scure del principe. "A volte, coloro che occupano posizioni di potere devono fare dei sacrifici, signorina Renati. Abbiamo dei doveri e i nostri cittadini si aspettano che li svolgiamo. Tali doveri devono essere anteposti ai desideri personali. Chiunque desideri trascorrere del tempo all'interno della casa reale viene informato della necessità di rispettare quel dovere. E più di ogni altra cosa, deve mantenere..." Federico parve faticare a trovare la parola giusta. "Riservate le faccende private del palazzo."

Ah. Ecco cosa preoccupava davvero il principe. Jennifer, nel corso della telefonata, aveva sottolineato che il suo riposo a letto era stato tenuto segreto alla stampa, almeno per il momento. Il principe Antony si trovava in Israele, come parte di un gruppo di tre mediatori neutrali che stavano cercando di dare vita a un nuovo accordo territoriale. Jennifer non voleva che il pubblico pensasse male di lui perché non era a casa con lei, né che i delegati temessero che Antony avrebbe potuto doversi allontanare nel bel mezzo delle trattative. Per quanto il principe ereditario volesse restare al fianco della moglie durante le ultime sei settimane della gravidanza, Jennifer ed Antony sapevano che milioni di persone dipendevano dalla presenza tranquillizzante del principe durante le trattative.

Era chiaro che Federico temeva che Pia non sarebbe stata completamente discreta.

Pia cercò di soffocare l'umiliazione. Lei più di tutti comprendeva la necessità di proteggere la pace, cosa a cui si sperava avrebbero portato le trattative. Aveva trascorso buona parte della sua vita a mettere una pezza sul disastro fisico ed emotivo lasciato dagli scontri politici. D'altro canto, non era mai stata del parere che fosse possibile crescere dei figli e al tempo stesso salvare il mondo. Sebbene non avesse confidato le sue preoccupazioni a Jennifer, Pia si chiedeva come la coppia avrebbe fatto a gestire tanto il ruolo pubblico di membri di una famiglia reale attiva quanto il ruolo privato di genitori.

La Mercedes si fermò di fronte al cancello posteriore del palazzo, riprendendo il tragitto dopo che le guardie ebbero verificato l'identità dei passeggeri. Pia si sporse in avanti per quanto consentito dalla cintura, osservando il giardino delle rose reale e la magnifica facciata posteriore del palazzo. Attraverso il tettuccio aperto, sentì dei bambini che ridevano nei paraggi, godendosi il clima della tarda estate e la brezza tiepida proveniente dall'Adriatico, e si chiese se quegli allegri suoni non venissero dai due figli di Federico.

Si riaccomodò sul sedile, resistendo all'impulso di sbirciare fuori dal finestrino per identificare la fonte del rumore felice. "Vostra Altezza, non c'è bisogno che mi chiamiate *signorina*. Mi rendo conto che in alcuni ambienti si usa ancora così, ma mi fa sentire… Beh, non sono abituata a tanta formalità. Ciò detto, comprendo il bisogno di discrezione. Vi prego di non preoccuparvi. Ma ditemi, se voi foste nella posizione di Antony, rimarreste a trattare o verreste a casa dalla vostra famiglia?"

Federico lanciò un'occhiata fuori dal finestrino, come se anche lui avesse udito la risata dei bambini. "Io non sono nella posizione di Antony. Lui è il principe ereditario e un giorno guiderà il Paese. I suoi obblighi sono diversi dai miei."

"Ma per ipotesi?"

"Farei quello che sta facendo Antony. È necessario per il bene collettivo." Federico si raddrizzò sul sedile, allontanando il ginocchio da quello di Pia mentre parlava. "Al momento, tutti i delegati seduti attorno al tavolo rispettano mio fratello e il lavoro da lui svolto. È una situazione rara, che potrebbe stimolare il processo a beneficio di molti, compresi i cittadini di San Rimini. Jennifer lo capisce. E così capirà il figlio di Antony e Jennifer, un giorno."

Il principe parlava con tale convinzione che Pia si trovò a concordare con lui… in gran parte. Non poteva non ammirare il modo in cui questi difendeva il fratello maggiore. L'eleganza e lo sguardo espressivo di Federico la ipnotizzavano e ogni volta in cui lui parlava, un sorriso leggerissimo gli sfiorava le labbra, come se pensasse di poterla convincere della bontà delle proprie argomentazioni con un semplice sguardo.

Considerato il contrasto di quei fenomenali occhi azzurri con la pelle olivastra, probabilmente ciò funzionava nove volte su dieci.

Pia sorrise.

"Comprendo le ramificazioni, Vostra Altezza, e ammiro la dedizione al dovere di Antony e Jennifer. E naturalmente, anche il sostegno che voi date loro, ma non credo che diventare genitori–"

Lo scricchiolio della ghiaia sotto le ruote della berlina e l'avvicinarsi di una donna matura con una gonna dritta di lana diede al principe l'opportunità di interromperla.

"Chiedo scusa, signora Renati, ma lei è Harriet Hunt. È l'assistente personale del principe Antony e gestisce le agende di Antony e Jennifer. Se avrà bisogno di qualcosa durante la sua visita a palazzo, sono certo che la signora Hunt avrà modo di aiutarla."

L'autista si fermò in fondo ai gradini del palazzo dove attendeva l'assistente, poi scese e si recò in fondo al veicolo per aprire la portiera per Pia e Federico. Ancora una volta, il principe le offrì la mano per aiutarla a scendere dall'auto. Lei gli rivolse un sorriso di ringraziamento e ricordò a se stessa di non abituarsi a quel trattamento di lusso. Viveva in pantaloni da escursione e scarpe da montagna, non in vestiti di Armani e su tacchi di Jimmy Choo.

Dopo le presentazioni, Federico riportò l'attenzione su Pia e le rivolse un breve cenno del capo. "La lascio in buone mani. Ancora una volta, apprezzo la sua disponibilità e la sua discrezione, così come le apprezza mio padre, re Eduardo."

Così, quello era quanto. Un reale promemoria che lei doveva tenere la bocca chiusa e un saluto. Pia guardò il principe salire gli ampi gradini del palazzo due alla volta, il tutto mantenendo la postura dritta e corretta e una grazia atletica.

Incredibile.

Pia aveva affrontato un argomento molto più personale di quanto la maggior parte delle persone avrebbe osato affrontare con un membro della famiglia reale, ma il principe aveva reagito come se lei avesse parlato del tempo. Parte della sua educazione, probabilmente, gli richiedeva di essere in grado di nascondere le emozioni.

Se lei avesse posseduto metà del senso del decoro dell'uomo, non avrebbe ficcato il naso, ma parte di lei aveva avuto bisogno di udire la sua risposta, di sentirsi rassicurare che Federico credeva che i propri figli fossero più importanti del proprio lavoro. Che provasse emozioni che non fossero solo la dedizione al dovere e che i bambini che lei aveva sentito ridere mentre raggiungeva il palazzo avrebbero continuato a giocare dopo aver visto il padre e che sapessero di essere più che solo un erede e una ruota di scorta, segnaposto reali in attesa che Antony Jennifer diventassero genitori.

Sperava che sapessero che il padre li amava più di ogni altra cosa al mondo.

"Signora Renati, è un piacere rivederla," la interruppe l'assistente, il cui marcato accento britannico suonava fuori posto a San Rimini. "Ci siamo incrociate prima del matrimonio del principe Antony. Lei mi ha aiutata a dare istruzioni ai fioristi della cattedrale quando sono arrivati contemporaneamente alla famiglia reale olandese."

Pia distolse lo sguardo dalla schiena di Federico e sorrise a Harriet, la cui efficienza ne aveva fatto una dipendente fidata di Antony e Jennifer. "È molto gentile a ricordarselo. E per favore, mi dia del tu. Dopo il viaggio in auto con Sua altezza, ne ho abbastanza delle formalità."

"Capisco. Federico presta ancora più attenzione del padre all'etichetta." Il tono della donna era professionale, ma il suo sguardo mostrava divertimento. Mentre attendevano che l'autista prendesse la borsa di Pia, Harriet aggiunse: "Ho cominciato a tenere sotto osservazione gli americani che entrano dalle nostre porte. Hanno la tendenza a sposare membri della famiglia diTalora."

"Ne ho sentito parlare." Amanda Hutton, la damigella d'onore di Jennifer, era rimasta dopo il matrimonio come una sorta di funzionaria diplomatica di palazzo. Pia non la conosceva bene, ma sapeva che il principe Marco, il più giovane – e scatenato – dei quattro germani diTalora le aveva chiesto di sposarlo poco dopo. E la principessa Isabella aveva sposato un americano appena il mese scorso.

"Fortunatamente, questo non succederà a me," promise Pia.

"Parlo come un'americana, ma sono sanriminese e mi trovo qui solo per aiutare un'amica incinta."

Ma mentre Harriet le faceva strada attraverso le doppie porte sul retro del palazzo, poi attraverso un corridoio tappezzato di specchi decorati e opere d'arte, Pia scoprì che i suoi pensieri continuavano a tornare al principe Federico. Il cotone liscio della sua camicia inamidata, le spalle larghe, l'espressione protettiva quando aveva parlato di Antony e Jennifer.

Quando oltrepassarono il ritratto di Federico che rideva con il padre durante una parata nazionale, Pia decise che, se il principe fosse riuscito a imparare a rilassarsi un poco, a comportarsi meno come se vivesse la vita sulla base di una sceneggiatura scritta con cura, avrebbe potuto valere la pena conoscerlo. Forse, solo forse, le donne che svenivano di fronte alle foto del Principe Perfetto nei tabloid ne sapevano qualcosa.

Al pensiero, Pia si portò subito una mano al ventre. Come le era venuto in mente di pensare una cosa del genere? Non era così coraggiosa: era riuscita a stento a mantenere la calma mentre l'uomo la aiutava a salire in auto.

D'accordo. Era trascorso molto, molto tempo dall'ultima relazione di Pia. Il suo lavoro non le lasciava molta flessibilità da quel punto di vista e il suo lavoro era tutto per lei. Per cui, che importava se il principe Federico trasudava sicurezza e faceva voltare le teste con la sua pacata grazia? Palesemente, non la approvava e lei non aveva intenzione, da parte sua, di degnarlo di una seconda occhiata. Farlo l'avrebbe messa nell'identica situazione in cui si trovava Jennifer.

E per quanto molti potessero trovare invidiabile la posizione di Jennifer, Pia non aveva intenzione di usare un giorno uno di quei libri dalla copertina a fiori.

[1] Questa e altre espressioni in corsivo sono in italiano nell'originale (ndt).

SCANDALI REALI: SAN RIMINI

Degno di una regina

Andare al castello

La tutrice del principe

Il bacio del cavaliere

Innamorarsi del principe Federico

Baciare un re

Iscriviti qui alla newsletter in italiano di Nicole. Gli abbonati ricevono materiale bonus e informazioni sulle prossime uscite. Puoi annullare l'iscrizione in qualsiasi momento.

L'AUTRICE

Nicole Burnham è la premiata autrice di oltre venti romanzi.

Per saperne di più riguardo ai suoi libri, visitate nicoleburn ham.com.

www.ingramcontent.com/pod-product-compliance
Lightning Source LLC
Chambersburg PA
CBHW061442210726
48287CB00007B/2314